La dragonne de minuit

Du même auteur, dans la même collection :

La drôle de vie d'Archie

Scoops au lycée

Du même auteur, en Heure noire :

Le fantôme de Sarah Fisher

Murder Party

Agnès Laroche
Illustrations de Vincent Wagner

La dragonne de minuit

RAGEOT

À celles et ceux qui rêvent parfois
de se sentir pousser des ailes.

Cet ouvrage a été imprimé sur un papier
issu de forêts gérées durablement.

ISBN : 978-2-7002-3809-9
ISSN : 1951-5758

Loi n° 49-956 du 16-07-1949 sur les publications
destinées à la jeunesse.

Juché sur la cime d'un arbre mort, le corbeau contemplait pensivement la sombre bâtisse devant lui.

Il songeait aux occupants des lieux. À Brunoît, le roi déchu, à Névé, sa femme, et à Mara, leur fille… Trois innocents condamnés à vivre enfermés ici, à Castelbrune, à tout jamais.

Dans un instant, il bouleverserait définitivement l'existence de l'un d'entre eux.

L'oiseau connaissait par cœur leur terrible histoire, elle lui avait été contée à maintes reprises.

Tout avait commencé quatorze ans plus tôt, alors qu'au palais le roi, passionné par l'étude des plantes médicinales, consultait un grimoire dans son laboratoire. Nour, sa sœur aînée, avait surgi, affolée :

– Viens vite, Angus est brûlant de fièvre et ne peut se lever.

Nour, veuve depuis fort longtemps, chérissait son fils au plus haut point, redoutant sans cesse qu'il lui arrive malheur. Le roi s'était rendu au chevet d'Angus, sur lequel veillait son dévoué précepteur. Il l'avait examiné avant de déclarer en souriant :

– Ce n'est qu'une mauvaise grippe. Je vais de ce pas préparer un remède qui fera chuter sa température.

Peu après, le malade avait avalé d'un trait la tisane odorante concoctée par Brunoît. Hélas, il avait aussitôt été pris de violentes convulsions et, en quelques minutes à peine, sous le regard impuissant des adultes, il avait perdu la vie.

Le soir même, le médecin de la cour avait livré ses conclusions :

– Angus souffrait en effet d'une simple grippe, mais ce n'est pas la cause du décès…

Puis il avait toussoté, mal à l'aise, avant de reprendre :

– Il a succombé suite à l'absorption simultanée de sa tisane et d'une substance toxique, vraisemblablement du cyanure.

De là à accuser le roi d'assassinat, il n'y avait qu'un pas que la mère d'Angus avait franchi en se ruant sur son frère.

– La tisane… Du cyanure… C'est toi qui l'as tué ! Tu es… tu es un monstre !

Le roi, stupéfait, avait protesté avec vigueur :

– Comment peux-tu imaginer une chose pareille ? Il te faut raison garder, tu sais bien que pour rien au monde je n'aurais fait de mal à Angus.

Mais la fureur de Nour, convaincue d'être en présence du coupable, ne s'était nullement apaisée.

Les funérailles du jeune garçon, tout juste âgé de treize ans, s'étaient tenues quelques jours plus tard.

À la fin de la cérémonie, le roi avait solennellement déposé sa couronne devant sa sœur.

– Je jure n'avoir joué aucun rôle dans la mort d'Angus, toutefois les soupçons qui pèsent sur moi me rendent indigne de conserver le titre de souverain. J'abdique dès aujourd'hui en ta faveur.

Ces mots avaient été suivis d'un long silence. Nour la première avait repris ses esprits, demandant à se retirer un moment afin de réfléchir. Une fois revenue, soutenue par le précepteur d'Angus, elle avait déclaré froidement :

– J'accepte ta décision, cependant le trône que tu m'offres ne ressuscitera jamais mon fils.

Puis, sur un ton qui peinait à masquer sa grande colère, elle avait poursuivi :

– Je te condamne à quitter le palais définitivement, dès demain.

Implacable, elle avait ajouté :

– Apprends aussi que si ta femme et toi donniez un jour naissance à un enfant, ma vengeance se porterait sur lui. Sans la moindre pitié.

Le couple avait pris la route dès le lendemain pour se réfugier à des centaines de lieues de là, au cœur de Castelbrune, la propriété familiale.

Un an après la tragédie, dans le plus grand secret, Mara était née. Et depuis ce jour, depuis treize ans exactement, Brunoît et son épouse Névé tremblaient à l'idée que la reine découvre l'existence de leur fille.

Ils vivaient avec pour seule compagnie Marguerite et Gustave, leurs dévoués domestiques. Ces derniers, grâce à la culture du potager, à la chasse, à la cueillette, et à un poulailler bien fourni, pourvoyaient à tous leurs besoins.

Les châtelains ne sortaient jamais et, si d'aventure un inconnu se présentait à leur porte, Mara descendait se cacher dans les caves du domaine.

Le corbeau fut tiré de sa rêverie par le hululement d'une chouette, non loin de là.

Il jeta un coup d'œil à la lune. Bientôt minuit, il était temps d'agir.

Il frissonna, la nuit était fraîche, et il prit son envol en direction d'une fenêtre close, au troisième étage de l'imposante demeure.

La piste lumineuse

Mara cherchait en vain le sommeil lorsqu'une suite de croassements stridents, tout proches, déchirèrent le silence. Agacée, elle se leva, entrouvrit ses rideaux et aperçut un corbeau posé sur la rambarde du balcon. À sa vue le gros oiseau noir s'égosilla de plus belle, jusqu'à ce que Mara ouvre sa fenêtre.

– Pssst, tu fais trop de bruit, va-t'en !

Il cessa son vacarme mais ne s'envola pas pour autant. Il la dévisagea un instant et, imperturbable, lissa ses plumes du bout du bec. Mara avança d'un pas, prête à le chasser, puis s'immobilisa, stupéfaite.

Trois étages plus bas, dans le parc, une interminable procession de vers luisants serpentait du pied du château jusqu'aux remparts, plusieurs centaines de mètres plus loin. Mara n'avait jamais vu pareil spectacle, on aurait dit que les lucioles à la queue leu leu traçaient un chemin dans l'herbe rase. Peut-être pouvait-elle descendre les observer de plus près…

Elle jeta un châle sur ses épaules et sortit de sa chambre pour emprunter l'escalier d'un pas léger. À une heure si tardive, ses parents étaient couchés, tout comme les domestiques, mais mieux valait être prudente. Elle imaginait sans peine les réactions des uns ou des autres si l'on découvrait sa chambre vide en pleine nuit !

Mara traversa le couloir, gagna la cuisine et, trois tours de clé plus tard, se retrouva dehors. Elle jeta un coup d'œil à la lune, pleine et blonde, et partit en quête des vers luisants. Elle n'eut pas à chercher longtemps. Les premiers d'entre eux étaient là, sous la fenêtre de la cuisine. Ils semblaient l'attendre, en rang bien ordonné, comme au garde-à-vous.

Elle s'accroupit dans l'espoir d'en attraper un mais dès qu'elle avança la main leur jolie lumière s'éteignit.

En se redressant, elle esquissa un mouvement de recul : le corbeau l'avait rejointe et voletait lourdement devant elle, à quelques centimètres à peine de son visage, sans la quitter du regard. À son grand soulagement, il finit par se poser et lui tourner le dos. Il croassa une brève et unique fois, dressa fièrement la tête et chemina dans l'herbe, le long de la piste lumineuse. Il avançait vite et il était sur le point de disparaître dans l'obscurité quand Mara, intriguée, décida de le rattraper.

Parvenu sous le tilleul, le corbeau marqua une pause. Mara en profita pour se retourner et regarder le château, derrière elle, enveloppé par la brume. Un court instant, elle pensa à sa mère, qui se serait sûrement affolée de la savoir dehors à pareille heure. Elle faillit faire demi-tour et rentrer en courant, quand le corbeau reprit la route en sautillant. La curiosité l'emporta et Mara, oubliant vite ses scrupules, mit de nouveau ses pas dans ceux de l'oiseau.

Quand ils atteignirent le mur d'enceinte, Mara exécuta une révérence en murmurant :

– Cher corbeau, c'est ici que nos routes se séparent...

À peine eut-elle prononcé ces mots que les vers luisants entamèrent l'ascension de la muraille. L'oiseau, le cou projeté en avant, le bec tendu, les regardait avec le sérieux d'un contremaître surveillant des travaux. Par centaines, les insectes grimpaient le long de la paroi envahie de lierre. Certains s'immobilisèrent tandis que les autres poursuivaient leur escalade.

Mara s'approcha pour mieux les observer.

– Non, ce n'est pas possible... souffla-t-elle.

Les lucioles s'étaient installées au bord des pierres les plus saillantes, et leur lumière vive traçait un trajet en tout point semblable à un escalier. Cela ressemblait à s'y méprendre à une invitation à poursuivre la promenade. À cette pensée, Mara frissonna et son pouls s'accéléra. Elle avait promis à ses parents de ne jamais franchir les murs de Castelbrune.

Pourtant c'était tentant, terriblement tentant. Une petite aventure de rien du tout, un simple aller et retour, personne ne s'en apercevrait…

Elle hésitait encore lorsque le corbeau, du bout des pattes, s'installa sur la pierre la plus basse. Une pierre sur laquelle il serait si facile de poser le pied… L'oiseau darda son regard sur elle et Mara baissa les yeux, troublée.

Au même instant, un souffle de vent tiède s'engouffra dans son châle. Mara se laissa bercer par cette brise douce et enivrante, puis elle fit un pas en avant.

Au cœur de la forêt obscure

Le rempart était haut de plusieurs mètres, une distance que le corbeau franchit aisément en voletant de pierre en pierre.

Derrière lui, Mara escalada la paroi en s'aidant des prises illuminées par les lucioles. Parvenue au sommet, elle éprouva une légère déception.

De l'autre côté du mur, rien d'extraordinaire, une forêt sombre et touffue encombrée de fougères et de ronces enchevêtrées. Et juste devant elle, à sa portée, un sapin sur lequel il lui suffirait de grimper pour quitter Castelbrune.

Elle jeta un dernier coup d'œil au château, se persuada que personne ne saurait jamais rien de son escapade et, le cœur battant, s'agrippa au tronc de l'arbre avant de descendre de branche en branche jusqu'à terre. L'oiseau, qui l'attendait en bas, laissa échapper un croassement satisfait. Puis, du bout du bec, il attrapa l'ourlet de la jupe de Mara et le tira à lui afin d'inciter la jeune fille à le suivre.

Cette fois, il n'y avait pas de vers luisants pour éclairer leur route.

Au fur et à mesure qu'ils s'enfonçaient dans la forêt, l'obscurité devint plus oppressante. Devant eux détalaient lapins et mulots effrayés qui faisaient sursauter Mara. L'excitation qui jusque-là l'avait animée retomba, et elle sentit l'inquiétude la gagner.

Un peu plus loin, alors qu'ils bifurquaient pour la troisième fois dans un hallier, elle s'écorcha les jambes en trébuchant sur un amas de bois mort. « Ça suffit comme ça ! » pensa-t-elle.

Elle se tourna vers l'oiseau.

– Pardonnez-moi… Je voudrais rentrer au château s'il vous plaît.

Elle haussa les épaules, se moquant d'elle-même. Parler à un oiseau, quelle drôle d'idée !

Bien sûr, il ne lui répondit pas. Il laissa juste échapper un petit « Pfuit » et tira avec insistance sur le bas de sa jupe.

Mara resserra son châle autour de ses épaules. Elle fut tentée de faire demi-tour et de s'enfuir en courant, mais elle risquait fort de se perdre. Non, il fallait être raisonnable, elle n'avait d'autre choix que de suivre son guide.

Comment avait-elle pu se montrer assez sotte pour se laisser entraîner ? Pourvu que tout cela ne soit pas un piège destiné à la capturer et à la livrer à la reine Nour…

Sourcils froncés, elle secoua la tête pour chasser ses craintes lorsque soudain apparut une vaste clairière baignée par la lueur de la lune. En son centre, un large cercle de pierres plates vers lequel le corbeau se dirigea d'un pas digne. Puis il se tourna vers Mara et, du bout du bec, à plusieurs reprises, lui fit signe d'approcher.

Métamorphose

Aimantée par le regard impérieux de l'oiseau, Mara le rejoignit à pas lents. Parvenue devant le cercle de pierres, une brise tiède l'enveloppa, charriant des effluves de champignons et de gibier. Elle fronça le nez. Puis le vent léger se fit plus fort, presque violent, et la poussa à l'intérieur du cercle.

Aussitôt la forêt tout entière s'agita, comme animée d'une force propre. Deux hiboux apeurés passèrent devant son nez, la frôlant du bout des ailes, et une meute de sangliers traversa la clairière à la hâte.

Curieusement, la jeune fille prêta peu attention à ce remue-ménage.

Les pieds dans l'herbe humide, les bras le long du corps, les paupières closes, elle n'éprouvait plus la moindre inquiétude mais, au contraire, un grand sentiment de bien-être. Un léger sourire se dessina sur ses lèvres et elle ne sursauta pas lorsqu'un unique coup de tonnerre, fracassant, retentit brusquement. Le vent tomba et le silence s'étendit sur la forêt, un silence presque palpable, comme si la nature était aux aguets. Mara frémit, persuadée qu'un événement crucial était sur le point de se produire.

Elle ne se trompait pas.

Elle fut soudain parcourue de picotements intenses, du bout des pieds jusqu'au sommet du crâne, puis il lui sembla que peu à peu elle changeait de volume et de forme. Elle avait la sensation incroyable que ses muscles, ses os, sa peau, s'étiraient à l'infini. C'était indolore, et pourtant chaque centimètre carré de son corps était malmené de façon terrible.

Elle aurait pu prendre ses jambes à son cou, elle n'en fit rien. Elle se sentait privée d'énergie et de volonté, comme si on l'avait envoûtée.

En moins de temps qu'il n'en faut pour le dire, ses mollets et ses cuisses s'allongèrent, elle prit de la hauteur et fut gagnée par le vertige, mais parvint à conserver son équilibre. Puis son buste, ses bras et son visage se modifièrent, tels des blocs de terre glaise entre les mains d'un sculpteur.

Lorsque le calme revint enfin en elle, Mara était à bout de souffle et son cœur battait à tout rompre. Elle sortait de l'engourdissement où elle était plongée lorsque près d'elle un inconnu prononça :

– C'est toujours un peu étrange la première fois, mais tu t'habitueras. Et n'aie crainte, ta métamorphose est temporaire, dès le lever du soleil tu reprendras ton apparence habituelle.

Il ajouta avec un sourire dans la voix :

– Tu peux ouvrir les yeux maintenant.

Héritage

Mara obéit et étouffa un cri de surprise : elle y voyait aussi bien qu'en plein jour et celui qui venait de prononcer ces mots n'était autre que le corbeau, perché devant elle sur la plus haute branche d'un chêne. La plus haute branche... À hauteur de son visage ? Comment était-ce possible ? Elle baissa la tête et découvrit avec stupeur ce à quoi elle ressemblait.

Elle était devenue si grande qu'elle atteignait presque la cime des arbres. Pire, elle n'avait plus de jambes, mais deux énormes pattes verdâtres aux extrémités griffues.

Ses bras aussi avaient été remplacés par deux pattes, plus petites, et sa peau était recouverte d'écailles serrées aux reflets dorés.

Quant à sa tête, elle prenait désormais place au sommet d'un long cou et était prolongée d'un museau qu'elle entrouvrit pour pousser un gémissement effrayé. Quelle sorte de monstre était-elle devenue ? Et depuis quand les corbeaux parlaient-ils le langage des humains ?

Elle se sentit prête à s'évanouir, mais à cet instant le noir volatile tendit le bec vers elle et, d'un ton doux et rassurant, répéta :

– Calme-toi... Respire... Je te l'ai dit, ta métamorphose est provisoire. Dans quelques heures, je te le promets, il n'y paraîtra plus.

Mara suivit son conseil. Elle inspira et expira lentement à plusieurs reprises, avant de balbutier :

– Que se passe-t-il ? Je suis en train de faire un cauchemar ?

Sa voix n'avait pas changé. C'était une maigre satisfaction, mais cela la rassura.

Le corbeau étira ses longues ailes, passa d'une patte sur l'autre, puis répondit :

– Ce n'est pas un cauchemar, Mara, mais un héritage que reçoivent les femmes de la famille de ton père. Aujourd'hui, c'est ton tour.

Mara secoua sa lourde tête en répétant, hébétée :

– Un héritage ? Mais je…

Le corbeau ne la laissa pas poursuivre :

– Je vais t'expliquer. Mets-toi à l'aise, cale-toi sur tes pattes arrière, appuie ton dos sur le tronc de ce marronnier, et écoute-moi.

À armes égales

Le volatile happa un papillon de nuit, déglutit bruyamment et enfin se lança.

– Tu sais bien sûr que tu es fille de roi, même si ton père a abdiqué en faveur de Nour, sa sœur, dans les circonstances dramatiques que tu connais. Tu sais aussi, n'est-ce pas, qu'autrefois magie et sorcellerie faisaient loi chez nous, dans le plus grand désordre, jusqu'à ce que Sa Majesté Vilnius, ton grand-père, mette fin à ces dangereuses pratiques. Il captura Brédune, le chef de file des mages, alors que ce dernier s'apprêtait à le renverser pour s'emparer du pouvoir.

Le roi ne lui accorda la vie sauve qu'à la condition que lui et les siens renoncent à tout jamais à exercer leur art maléfique. Je ne t'apprends rien, n'est-ce pas ?

Mara secoua doucement la tête, se demandant où il voulait en venir.

– Ce que tu ignores, en revanche, reprit le corbeau, c'est que Sa Majesté Vilnius ordonna à Brédune de jeter un dernier sort. Il lui demanda d'octroyer aux femmes de sang royal le pouvoir de se transformer en dragonne afin de secourir le pays en cas de nécessité. De plus, il fit doter mon père et ses descendants du don de la parole et leur offrit le rôle de conseiller auprès des dragonnes royales. Sache donc que je me nomme Kraeû, que je suis ton corbeau personnel, et que je serai toujours présent à tes côtés.

L'oiseau avança le cou et précisa :

– Tout cela est resté secret, seuls les membres de ta famille, leur plus proche entourage et les soldats chargés de veiller sur le palais sont dans la confidence.

– Je suis une dragonne... murmura Mara, incrédule.

– Oui, et il en sera ainsi à chaque fois qu'après minuit tu te placeras au centre d'un cercle de pierres que j'aurai préparé. Il te suffira d'y retourner avant le lever du soleil pour retrouver ton apparence de jeune fille. Une dernière précision : pas un mot à tes parents, ils ne savent rien de ma présence à Castelbrune. S'ils apprenaient que notre rencontre a eu lieu, ils feraient en sorte que tu ne puisses plus me rejoindre. Tu sais à quel point ils s'inquiètent à ton sujet...

Elle acquiesça lentement, avant de balbutier en direction du corbeau :

– Mais... Pourquoi maintenant ? Et comment avez-vous fait pour me trouver ?

Kraeû répondit doucement :

– Tu viens d'atteindre le bel âge de treize ans, à partir duquel la métamorphose peut s'effectuer. Par ailleurs, tu n'ignores pas qu'une terrible menace plane depuis toujours au-dessus de ta tête. Si le danger se rapprochait, tu serais mieux à même de t'en protéger en revêtant l'apparence d'une dragonne, n'est-ce pas ?

Elle ne répondit pas et il poursuivit :

– Pour ce qui est de te trouver, rien de plus facile. Je suis ton corbeau personnel et, sans que tu le saches, je vis à tes côtés depuis ta naissance.

Mara resta silencieuse un moment puis, la gorge serrée, murmura :

– La reine… La reine peut se transformer aussi, n'est-ce pas ?

L'oiseau pencha la tête.

– Oui, bien sûr, et si tu dois un jour te mesurer à elle, mieux vaut que ce soit à armes égales.

Mara, gagnée par la peur, balbutia :

– Elle a découvert mon existence ?

– Mon enfant, répondit-il, elle la connaît depuis le jour de ta naissance. La sage-femme qui a aidé ta mère lors de ta venue au monde s'est empressée d'aller monnayer cette précieuse information au palais.

Puis il soupira avant d'ajouter :

– Jusqu'à présent Nour a choisi de vous laisser tranquilles, tes parents et toi, mais ça ne durera pas. Il faut te tenir prête, au cas où.

– Comment... Comment savez-vous tout cela ?

– Rhôr, mon père, était le corbeau de la reine et me tenait au courant de ses intentions. Il apaisait sa colère et savait trouver les mots pour l'empêcher de te nuire. Je parle au passé car malheureusement...

Kraeû se tut, claqua du bec à plusieurs reprises avant de poursuivre enfin, la voix enrouée :

– ... Il n'est plus parmi nous. Son corps a été retrouvé il y a peu dans la rivière qui coule au pied de la cité royale. Je soupçonne la reine de l'avoir fait exécuter et...

Il s'interrompit encore, se racla la gorge et reprit :

– ... Et ce n'est pas bon signe. Bah, assez discuté, il faut que tu te familiarises avec ce nouveau corps avant le lever du soleil. Viens, faisons quelques pas.

Mais Mara resta immobile, le regard au loin, troublée par les propos de l'oiseau. Quand Kraeû émit un « tststss » impatient, elle se décida enfin.

Elle se déplaça tout d'abord maladroitement sur ses pattes arrière, puis posa au sol ses quatre membres afin de progresser plus aisément.

Elle gagna vite en assurance et le plaisir éprouvé à explorer ses nouvelles capacités chassa au loin les tourments. Elle tourna la tête pour admirer ses ailes, deux longues membranes irisées qui reposaient sur son dos. Elle les déploya et les replia à plusieurs reprises avant de demander :

– Puis-je essayer de voler ?

– Taratata ! rétorqua son compagnon. C'est bien trop tôt, contente-toi de marcher ou de trotter si tu veux.

– Et les lucioles ? Elles ne nous accompagnent plus ?

– Non. Elles avaient pour seule mission d'éveiller ta curiosité. Allez, dégourdis-toi les pattes !

Mara s'exécuta volontiers et fut bientôt aussi à l'aise que si elle était depuis toujours pourvue de ce corps lourd, de ces pattes griffues et de cette peau rêche et écailleuse.

Kraeû la laissa s'exercer un moment, avant d'indiquer :

– Il est temps de rentrer.

Pensif, il regarda Mara regagner le cercle de pierres en deux bonds agiles. Combien de temps encore la reine se tiendrait-elle à l'écart de Castelbrune ?

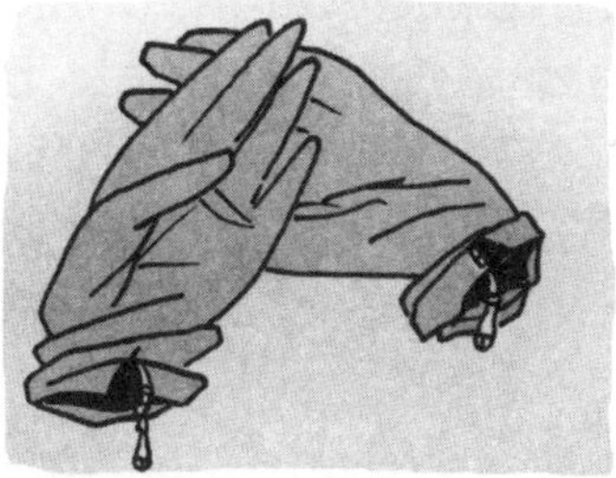

Deux gants en lin

De retour au château, Mara grimpa furtivement l'escalier qui menait à sa chambre et se nicha sous son édredon. Elle était épuisée et, tandis que les premiers rayons du soleil illuminaient le vaste parc, elle sombra dans un profond sommeil.

Marguerite, la gouvernante, la réveilla bientôt en frappant des coups légers à la porte.

– Mademoiselle, votre mère vous attend pour votre cours de chant !

Mara se leva en bâillant, s'étira et, enfin, ouvrit les yeux. Elle les referma aussitôt, éblouie par la lumière qui inondait la pièce, et soudain se souvint.

Elle avait été dragonne, quelques heures durant... Les événements de la nuit défilèrent en désordre devant ses yeux ensommeillés et Mara porta la main à son front, prise de vertige. Toute cette histoire n'était-elle qu'un rêve ? Non, elle avait vraiment vécu cette aventure incroyable, les lucioles, le corbeau, la forêt obscure et cette spectaculaire métamorphose !

Elle contempla ses jambes, puis ses mains, où s'étalaient des traînées de boue et des écorchures. Elle passa les doigts dans ses cheveux et en ramena des brindilles et de la mousse, autant de preuves de son escapade nocturne.

Elle se nettoya avec soin, mais ne parvint pas à retirer la terre coincée sous ses ongles, souvenir de ses griffes plantées dans le sol. De même, impossible d'effacer les zébrures que les ronces avaient tracées sur le dos de ses mains. Ses parents allaient s'en rendre compte, lui poser des questions...

Elle enfila une paire de gants et descendit au premier étage où sa mère l'attendait. Elle frappa à la porte du salon.

– Maman ? murmura-t-elle.

– Entre, Mara !

Névé se tenait debout devant la fenêtre principale.

Elle se retourna et sourit pour accueillir sa fille.

– Des gants en lin ! s'exclama-t-elle. Aurait-on sans me le dire organisé un bal dans ce château désert ?

Mara baissa les yeux et se précipita, le cœur serré, dans les bras grands ouverts de sa mère.

Jusqu'à présent elle ne lui avait jamais rien caché, et elle brûlait de se confier. Elle hésita un instant mais finalement se contenta de pousser un long soupir.

– Tiens, prends un peu de lait chaud, cela éclaircira ta voix.

La jeune fille prit entre ses doigts gantés la tasse de porcelaine et sa mère ajouta :

– Nous chanterons doucement pour ne pas déranger ton père. Il souffre de maux de tête, il doit se reposer.

Mara acquiesça. Elle n'était pas surprise, son père, hanté par le passé, était depuis toujours sujet à de violentes migraines qu'aucun remède n'apaisait, pas même la main fraîche de sa fille sur son front brûlant.

Prouesses nocturnes

Les semaines qui suivirent furent source de joie pour Mara.

Kraeû venait régulièrement toquer du bout du bec à sa fenêtre et la jeune fille quittait alors sa chambre pour le suivre jusqu'au cercle de pierres. Là, en quelques secondes à peine, la métamorphose s'opérait et Mara goûtait aux délices d'une liberté nouvellement acquise.

Le corbeau se montra un bon maître et bientôt elle n'ignora plus rien de l'art de voler à une altitude suffisante pour n'être repérée par personne.

Elle avait eu le souffle coupé les premières fois, puis s'était habituée à cette merveilleuse sensation de légèreté. Sous la lueur des étoiles, dans la campagne déserte, elle avait découvert comment prendre son élan, déployer ses ailes et s'aventurer dans le ciel.

Kraeû à ses côtés, Mara se laissait porter par les courants et explorait les environs. Elle avait tout d'abord admiré le château et le parc qui, vus d'en haut, lui avaient semblé bien petits. Puis elle s'en était éloignée chaque jour davantage, parcourant des dizaines de kilomètres au-dessus des villages avoisinants.

Ces sorties la grisaient et l'oiseau avait parfois du mal à lui faire entendre raison.

– Mara, il faut rentrer maintenant ! Si le soleil se lève avant que tu aies regagné le cercle de pierres, tu conserveras à jamais ton apparence de dragonne. Est-ce vraiment ce que tu veux ?

Non, bien sûr, ce n'était pas son souhait. Elle réalisait alors une ou deux pirouettes supplémentaires, au gré du vent, et regagnait sagement la clairière, puis le parc, le château et enfin le confort douillet de son lit.

Ses parents, qui ignoraient tout de ses prouesses nocturnes, constataient qu'elle semblait plus épanouie que jamais. Depuis peu, Castelbrune retentissait en permanence des rires de Mara. Elle semblait si heureuse que même son père s'en trouvait apaisé et l'inquiétude qui le rongeait depuis si longtemps s'effaçait devant la joie de vivre de son enfant.

Des flammes dans la nuit

Kraeû était fier de son élève. Elle apprenait vite et parcourait sans se fatiguer des distances de plus en plus longues. Elle avait toujours mené une vie de recluse et un rien l'émerveillait : la vue d'un lac à la surface froissée par la bise, un troupeau de vaches endormies, leurs veaux blottis contre elles, un vol de tourterelles, un épais nuage qu'elle traversait, les villages où vivaient tant d'inconnus, si près de chez elle…

Il venait la chercher presque chaque nuit, sauf quand la lune se cachait et, ensemble, inlassablement, ils survolaient le pays endormi.

La dragonne progressait si rapidement que d'ici peu Kraeû lui expliquerait comment cracher le feu et maîtriser ses flammes. Là aussi, il en était sûr, l'apprentissage se ferait sans difficulté.

Par une chaude nuit d'été, alors qu'ils s'en retournaient à Castelbrune après une longue sortie au-dessus des monts Dorés, Mara, qui volait à ses côtés, s'exclama soudain :

– Kraeû, regarde !

Droit devant eux, au-dessus de Castelbrune, un épais nuage de fumée se dessinait dans la nuit, un nuage si gros et si sombre qu'il masquait la lumière de la lune et obscurcissait l'horizon. Ils jetèrent un coup d'œil au sol et ils aperçurent des flammes qui rougeoyaient dans la pénombre.

En silence, s'efforçant de ne pas céder à la panique, la dragonne et l'oiseau redoublèrent de vitesse.

Parvenus à destination ils découvrirent un affreux spectacle : toute cette fumée était le fruit d'un terrible incendie qui ravageait le château.

Mara hurla :

– Kraeû, mes parents ! Mes parents !

Mara perdit de l'altitude en décrivant des cercles au-dessus des ruines. À ses côtés, l'oiseau s'inquiétait. Le ciel s'éclaircissait déjà, il n'y avait pas de temps à perdre. Il s'adressa d'un ton impérieux à sa protégée, prête à atterrir :

– Cours dans la forêt, vite ! Le jour va se lever, il faut que tu te transformes.

Elle le regarda, les yeux noyés de larmes, puis obéit. Elle s'éloigna à grands battements d'ailes et se posa au centre de la clairière enfumée.

Tandis que le soleil, impassible, faisait son apparition, Mara, aveuglée de chagrin, sortit de la forêt et s'avança vers les ruines. Les flammes avaient perdu de leur vigueur mais l'on entendait encore les pierres craquer et se fendre sous l'effet de la chaleur.

Fébrile, toussant sans cesse, elle scrutait les décombres, refusant de perdre espoir. Ses parents et leurs domestiques avaient peut-être survécu malgré tout. Au risque de se brûler, elle escalada les éboulis en quête d'un bruit, d'un signe de vie, appelant :

– Maman, papa ! Marguerite ! Gustave !

Kraeû voletait inlassablement près d'elle, se posant parfois lorsqu'il lui semblait apercevoir un morceau d'étoffe ou la perle brillante d'un collier.

Les occupants du château dormaient probablement lorsque l'incendie avait débuté. Ils n'avaient pu s'enfuir, leurs dépouilles devaient être là, ensevelies sous les pierres.

Le corbeau n'osait suggérer à Mara de renoncer à ses recherches. Elle en prendrait la décision elle-même, lorsqu'elle serait prête à accepter la vérité.

Elle arpenta le domaine sans relâche jusqu'au soir tombé, trouvant de-ci de-là des objets que le feu avait épargnés. La chaleur due à l'incendie commençait à décliner lorsqu'elle murmura à mi-voix :

– Il n'y a rien là que je puisse sauver. Rien ni personne.

Elle s'accroupit une dernière fois, ôtant ses gants pour saisir une assiette qui brillait dans l'obscurité, une pièce de cette vaisselle dans laquelle elle mangeait chaque jour. Les yeux embués, le cœur serré, Mara suivit des doigts les entrelacs dorés qui y étaient peints mais soudain elle s'immobilisa.

Venant d'un chemin qui menait au village le plus proche, quelqu'un avançait à pas rapides dans leur direction.

– Kraeû, souffla-t-elle, regarde !

L'oiseau sur le qui-vive tendit le cou pour scruter la silhouette.

– J'ignore de qui il s'agit, mais file te cacher dans la forêt, c'est plus prudent, lui conseilla-t-il.

Elle laissa tomber l'assiette qui se brisa net et, convoquant le peu d'énergie qui lui restait, elle prit ses jambes à son cou.

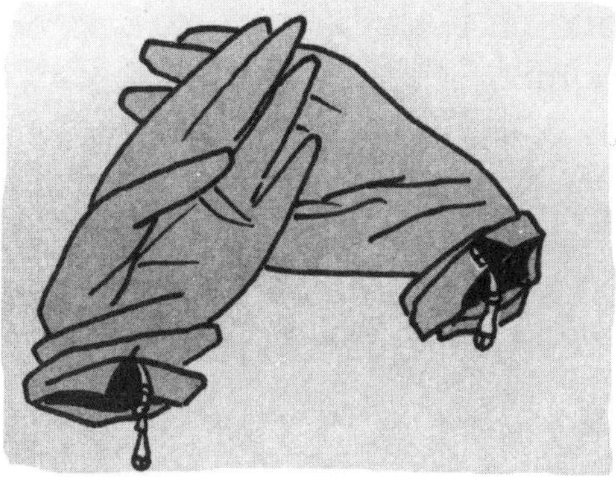

Deux gants sur les éboulis

La silhouette qui s'avançait à pas pressés était celle d'un jeune garçon. Couvert de suie des pieds à la tête, les traits tirés et les cheveux en bataille, il venait de vivre de bien sombres heures.

Il avait été témoin jusque fort tard dans la nuit du plus terrible des spectacles et s'était endormi au petit matin, épuisé, au fond d'un fossé.

En dépit de sa fatigue, il se hâtait maintenant en direction du château. Peut-être y avait-il là des survivants à qui il fallait prêter main-forte.

Alors qu'il ne lui restait qu'une cinquantaine de mètres à parcourir, il aperçut, debout sur les décombres fumants illuminés par la lune, une silhouette gracile qui se découpait dans la pénombre. Il lui sembla que c'était une jeune fille, vêtue d'une longue jupe, qui fouillait les ruines.

Il mit la main en visière, tentant en vain de distinguer ses traits.

Ses cheveux emmêlés dissimulaient son visage, ses vêtements étaient sales et déchirés et, à en croire ses épaules agitées de soubresauts, elle pleurait.

Touché par sa détresse, il accéléra le pas mais elle lui tourna le dos et se mit à courir, en trébuchant d'abord puis à toutes jambes, comme si elle prenait la fuite.

Bien que très intrigué, le jeune homme ne se lança pas à sa poursuite, de crainte de l'effrayer. Il la regarda disparaître dans la forêt puis s'approcha des ruines avant de lancer :

– Il y a quelqu'un ? Des blessés ?

Seul un silence pesant lui répondit. Il escalada un amas de pierres et soupira. Le château avait été totalement dévasté.

En balayant le sol du regard, il vit soudain des gants que l'inconnue avait sans doute abandonnés là. Deux gants qui naguère avaient dû être blancs, mais qui étaient désormais tachés de cendre et de terre mêlées.

Il les ramassa, les enfouit dans sa poche et jeta un coup d'œil vers la forêt au cœur de laquelle elle s'était engouffrée. Son visage exténué s'illumina d'un sourire. Il avait peut-être trouvé là un prétexte pour aller à la rencontre de cette mystérieuse jeune fille.

Un jongleur sur la route

Accroupie derrière un taillis, Mara observait le garçon qui se dirigeait droit sur eux.

– Il n'a pas l'air bien méchant, chuchota-t-elle. Nous devrions le questionner, peut-être sait-il comment le feu s'est déclaré.

– Il n'en est pas question, rétorqua l'oiseau. Tu dois te méfier de tout le monde et te montrer le moins possible !

Elle haussa les épaules. Sans laisser au corbeau le temps de l'en empêcher, elle sortit du bois et se retrouva nez à nez avec le garçon qui, surpris, esquissa un mouvement de recul.

Mara, qui n'avait jamais connu d'autre compagnie que celle de ses proches, le dévisagea avec curiosité. Ébouriffé, le teint pâle et piqueté de taches de rousseur, il était fluet et semblait fort intimidé.

– Qui es-tu ? demanda-t-elle à brûle-pourpoint.

– Je... Je me nomme Jéhan, et toi ?

La réponse fusa, sans manières.

– Peu importe qui je suis. Tu vis au village ?

– Non, non... bredouilla le garçon. Je viens du sud du royaume, à une dizaine de jours de marche. Je suis arrivé il y a deux semaines environ, et je présente mon spectacle à qui veut bien y assister.

– Ton spectacle ?

– Oui, je suis jongleur, c'est ainsi que je gagne ma vie depuis l'âge de huit ans. Je vais sur les routes et je m'arrête sur les places publiques. Je jongle, je chante, je danse, je...

– Assez, assez, l'interrompit Mara. N'as-tu donc point de famille ?

Il fit la moue.

– Je n'en ai plus. Mes parents sont morts juste après ma naissance, lors d'un accident, et j'ai été recueilli par une paysanne du voisinage. Elle était mère de nombreux enfants et les années passant, ça lui faisait trop de bouches à nourrir, alors je suis parti tenter ma chance.

Mara le fixa, sourcils froncés. Ce garçon était totalement inoffensif. Pour tout dire, elle trouvait même que ses grands yeux clairs lui donnaient l'air plutôt benêt. Elle leva le menton et lui posa la seule question qui lui tînt vraiment à cœur :

– Dis-moi, tu n'aurais pas vu ce qui a provoqué cet incendie ?

Jéhan resta silencieux un moment, puis murmura :

– Oh si, mais je parie que tu ne me croiras pas.

– Peu importe que je te croie ou non, parle et n'omets aucun détail ! le pressa Mara.

Révélations

Jéhan soupira. À coup sûr, cette demoiselle à la mine si grave, au ton si décidé, allait le prendre pour un fou.

– La nuit dernière, commença-t-il, je ne parvenais pas à m'endormir alors j'ai décidé de sortir marcher un peu. Je longeais le chemin qui mène à Castelbrune quand j'ai entendu un convoi s'approcher. Je me suis caché au fond d'un fossé dès que j'ai aperçu des chevaux, au moins une dizaine, montés par des soldats. Ils précédaient une voiture fermée dont je n'ai pu voir les occupants. Je les ai laissés passer, puis j'ai couru pour les suivre de loin.

Il s'assit au beau milieu des feuilles mortes avant de reprendre son récit.

– Ils ont fait halte devant Castelbrune. Je me suis hâté de grimper en haut d'un arbre, près de l'entrée, et j'ai vu les cavaliers défoncer le portail puis se ruer dans le parc. Ensuite ils ont forcé l'entrée du château en hurlant. Et là…

Il frissonna, regarda la jeune fille qui avait pâli et poursuivit :

– Tu ne vas pas me croire, je t'aurai prévenue ! À cet instant, j'ai senti un grand souffle au-dessus de moi, j'ai levé les yeux et j'ai vu arriver un… un dragon. Je te jure que c'est vrai, ce n'était pas une hallucination !

Le garçon inspira profondément, puis reprit :

– J'avais si peur... Le dragon... Le dragon s'est posé au milieu du parc et a crié d'une voix aiguë : « Amenez-moi immédiatement la fille de Brunoît, son heure est venue ! » Il parlait comme toi et moi, tu te rends compte ?

– Oh oui, je me rends compte, répondit Mara en soupirant d'impatience.

– Les soldats sont ressortis, en poussant devant eux un homme et une femme qui se tenaient par la main, suivis par un second couple à l'allure plus modeste. L'animal a ouvert grand le museau pour vociférer : « Ma nièce vient d'avoir treize ans, elle ne vivra pas une minute de plus que mon cher Angus ! Dites-moi immédiatement où elle est ! » Les occupants du château sont restés silencieux, la tête fièrement levée, et le dragon s'est précipité sur eux, toutes griffes dehors, prêt à les mettre en pièces. À ce moment, un homme est sorti de la voiture et s'est rué sur la bête en hurlant : « Non, ne faites pas ça ! » Il lui a parlé longuement à l'oreille, ce qui a eu pour effet de la calmer. Elle s'est de nouveau approchée des habitants de Castelbrune et les a menacés de mort s'ils ne lui disaient pas où était celle qu'elle cherchait. Ils ont juré qu'elle était absente, qu'ils ignoraient où elle se trouvait, et le dragon, furieux, a ordonné qu'on les conduise dans les geôles du palais sans att...

Jéhan fut interrompu par un corbeau surgi brusquement du sous-bois, qui se posa sur l'épaule de la jeune fille et blottit sa tête au creux de son cou.

– Qu'est-ce que c'est que cet oiseau ? demanda-t-il, stupéfait.

Mara répliqua, la voix enrouée par l'émotion :

– Ne t'occupe pas de lui, achève ton histoire. Que s'est-il passé ensuite ?

– Les couples sont montés à bord de la voiture et le convoi s'en est retourné. Quant au dragon, il a grondé : « Mara n'aura nulle part où se cacher désormais ! » et il a craché des flammes énormes sur la bâtisse avant de s'envoler. J'espère que personne d'autre que ces pauvres gens ne vivait là...

Mara posa une main tremblante sur les plumes de Kraeû.

– Ils sont vivants ! s'écria-t-elle.

Et, sous l'œil ébahi de Jéhan, elle se mit à rire, doucement d'abord, puis de plus en plus fort, le visage levé vers le ciel.

Le corbeau s'envola et se posa sur un rocher noirci. Il laissa échapper un croassement soucieux. Il l'aurait parié... La reine, hélas, n'avait pas renoncé à son funeste projet et semblait prête à tout pour s'emparer de sa nièce. Elle avait simplement attendu que la jeune fille atteigne l'âge qu'avait Angus lors de sa disparition.

Il n'y avait pas de temps à perdre, il fallait d'urgence mettre Mara à l'abri.

Des glands et une idée

Mara ne tenait plus en place. Le soulagement avait chassé au loin le désespoir. Ses parents étaient sains et saufs, Marguerite et Gustave aussi !

Tandis que Jéhan l'observait, perplexe, elle rejoignit l'oiseau.

– Allons dans la forêt, je dois te parler, chuchota-t-elle.

Puis elle se tourna vers le garçon :

– Veux-tu patienter là un moment ?

Sans attendre la réponse, elle gagna les premiers arbres, suivie de près par le corbeau.

– Kraeû, s'exclama-t-elle, la voix vibrante d'excitation, nous allons partir sur-le-champ délivrer mon père et ma mère !

– Tsstsstss, siffla-t-il, as-tu perdu la raison ? Nous devons fuir, au contraire ! Tu ne dois à aucun prix t'approcher de la reine ! Il y a une vallée, à l'est du pays, où nous pourrons...

Mara se plaqua les mains sur les oreilles.

– N'en dis pas plus, je ne t'écouterai pas ! S'il le faut, je me débrouillerai sans toi.

Kraêu soupira. Il commençait à la connaître... Quoi qu'il dise, elle agirait à sa guise.

– Comment pénétreras-tu dans le palais ? demanda-t-il, sceptique.

– Je ne sais pas, laisse-moi réfléchir.

La jeune fille se baissa et ramassa quelques glands. Machinalement, elle essaya de jongler avec avant de s'écrier :

– J'ai une idée ! Jéhan m'accompagnera, nous nous ferons passer pour frère et sœur, deux jongleurs désireux de présenter leurs tours à la cour et après...... Après, nous aviserons !

– Jéhan ? rétorqua Kraeû, c'est encore un enfant, et il ne m'a semblé ni très fort ni très vaillant...

– Il a mon âge, pas moins ! s'insurgea-t-elle.

Elle fit un pas vers Kraeû et reprit doucement :

– Si je ne secours pas mes parents, qui s'en chargera ?

Le corbeau, ému, consentit enfin du bout du bec :

– Bon, entendu. Mais promets-moi qu'à la première alerte nous rebrousserons chemin.

Mara acquiesça, un peu trop vite au goût de l'oiseau.

Le souffle de l'aventure

La jeune fille s'avança à pas vifs vers le garçon qui l'attendait, les bras croisés, adossé à un marronnier.

– Écoute-moi, déclara-t-elle. Je suis Mara, la fille de ces gens que la reine a fait emmener de force. Toi et moi, ainsi que Kraeû, nous allons voler jusqu'au palais pour tenter de les libérer.

Jéhan la fixa, bouche bée, avant de bredouiller :

– La... La reine ? Kraeû ? Voler ?

L'oiseau, à leurs pieds, se racla la gorge :

– M'entendre parler va sans doute t'étonner, mais je vais tout t'expliquer.

À ces mots, Jéhan, effaré, plus blanc que jamais, secoua la tête.

– Je rêve ! Un dragon qui crache du feu, un corbeau qui parle... Dites-moi que je rêve !

– Non, tu ne rêves pas, tu es parfaitement réveillé. Que sais-tu exactement de l'histoire de notre pays et de celle qui nous gouverne ?

– Euh, trois fois rien, admit Jéhan d'une voix mal assurée.

En peu de phrases, Kraeû évoqua la magie d'autrefois, le décès d'Angus, l'abdication de Brunoît, la naissance de sa fille et le terrible sort que Nour, qui pouvait à volonté se métamorphoser en dragonne, réservait à cette dernière. Puis, désignant Mara du bec, il conclut :

– Mon amie pense que tu pourrais nous être d'une grande utilité. Serais-tu d'accord pour nous prêter main-forte ?

Jéhan ne dit mot, étourdi par le flot d'informations qu'il venait de recevoir.

Il avait gagné la forêt dans l'intention de rencontrer la jeune inconnue aperçue sur les ruines, et voilà qu'une princesse et un oiseau doué de parole lui proposaient de combattre une dragonne royale !

Il songea un instant à la vie qu'il menait, allant de village en village afin de recueillir quelques piécettes grâce à ses modestes spectacles. Une existence de nomade, sans famille ni ami, où la bravoure ne tenait aucune place...

Son cœur battit plus fort soudain, et il lui sembla sentir le souffle de l'aventure chatouiller ses narines. C'était peut-être là une occasion inespérée de se mettre au service d'une noble cause.

Une occasion qui, à coup sûr, ne se présenterait pas deux fois.

Il inspira à fond, sur le point de prononcer le « oui » qu'on attendait de lui, lorsque lui revint en un éclair la vision terrifiante de cette bête féroce, la veille, entourée de soldats brutaux prêts à tout saccager.

Impossible d'oublier les cris, la détresse des occupants de Castelbrune et les flammes voraces… Ces affreux souvenirs se confondirent avec la peur qui l'avait alors envahi. Il secoua la tête piteusement. Non, mieux valait se l'avouer, il n'avait rien d'un valeureux chevalier.

Jéhan regarda furtivement Mara, agenouillée sur l'herbe sèche, et répondit enfin :

– Je suis désolé, mais… je ne vous accompagnerai pas, je ne m'en sens pas capable.

Une voix cristalline

Le refus du jongleur fit toussoter Kraeû. Mara, elle, sauta sur ses pieds plus vite que si elle venait d'être piquée par un bourdon.

– Pardon ? Tu m'abandonnes face à la reine et son armée, avec un corbeau pour seul soutien ? Tu n'as donc aucun courage ?

Jéhan, blessé, ouvrit la bouche pour répliquer, puis la referma aussitôt, bien obligé de constater qu'elle avait raison.

La jeune fille, au prix d'un sérieux effort, réprima sa colère. Elle n'arriverait à rien en bousculant ce nigaud, il lui fallait changer de tactique. Elle traça du bout de sa chaussure un demi-cercle sur le sol et murmura tristement :

– Je ne comptais pas te demander de combattre, mais simplement de m'aider à franchir les portes du palais grâce à tes talents de jongleur.

L'œil de Jéhan s'éclaira.

– Je sais aussi marcher sur les mains et faire des acrobaties, je connais même des tours de prestidigitation !

Mara hocha la tête, l'air appréciateur, et ajouta doucement :

– Nous aurions pu prétendre être frère et sœur et proposer de présenter un numéro à la cour, mais je comprends que tu n'en aies pas la force et…

– Présenter un numéro à la cour ? J'en rêve depuis toujours ! la coupa le garçon. Si c'est ce que tu attends de moi, alors je viens avec toi !

– Parfait ! s'exclama Mara. Je file me... préparer, nous n'avons pas une seconde à perdre.

Et sous l'œil intrigué du jeune homme, elle s'enfonça à pas rapides dans la forêt.

– Je suis heureux que tu te joignes à nous, nous ne serons pas trop de trois, dit Kraeû, soucieux.

Le corbeau s'interrompit, hésita puis reprit avec autorité :

– Passons à l'étape suivante sans tarder. Sache, mon jeune ami, que tu n'es pas au bout de tes surprises.

Jéhan ne put s'empêcher d'esquisser une grimace inquiète. Lorsque quelques instants après la dragonne surgit du bois, il poussa un cri de frayeur, recula maladroitement avant de tomber au sol puis il avisa les pattes griffues, la gueule énorme de la bête, et bégaya :

– C'est... c'est... c'est un...

– C'est moi, Mara, s'empressa-t-elle de le rassurer. Rappelle-toi ce que t'a raconté Kraeû, la magie d'antan... Je peux me transformer à volonté, dès minuit, comme Nour. Tu n'as rien à craindre, je ne te ferai aucun mal !

Il se releva lentement sans la quitter des yeux et éclata de rire. Le terrible animal dressé devant lui était pourvu d'une voix qui contrastait fortement avec son apparence, une voix de jeune fille douce et flûtée.

Mara avança vers lui son long cou.

– Qu'y a-t-il de si amusant ?

Il la pointa du doigt, souriant encore.

– Ta voix, si cristalline, qui sort de ce gros museau, c'est... c'est tellement drôle !

La dragonne se détourna, vexée. Non seulement ce Jéhan était aussi peureux qu'un lièvre, mais en plus il se moquait d'elle. Elle fit vibrer ses ailes en songeant qu'elle aurait d'ici peu l'occasion de lui rendre la pareille.

Turbulences

Ils s'envolèrent tous trois peu après, dans le silence le plus complet. Jéhan, la gorge nouée, regarda le sol s'éloigner tandis que Mara gagnait l'altitude à laquelle elle se savait invisible aux yeux des curieux.

Elle était si concentrée qu'elle sentait à peine le poids de Jéhan sur son dos. Elle pensait à ses parents, le cœur serré. Comme elle était pressée de les sortir de ce mauvais pas !

Ils avaient déjà parcouru une longue distance lorsque, soucieuse d'arriver au plus tôt, elle prit de la vitesse.

– Ménage tes forces, lui conseilla Kraêu qui volait à ses côtés, le voyage est loin d'être fini.

Mais elle ne l'écouta pas et s'engouffra au beau milieu d'un trou d'air qui la fit chuter légèrement. Les bras de Jéhan se crispèrent autour de son cou et Mara songea qu'il était temps de s'amuser.

– C'est parti ! cria-t-elle à l'intention du garçon.

Elle n'obtint pour réponse qu'un murmure effrayé dont elle ne tint pas compte. Elle monta en flèche en accélérant, puis bascula en arrière pour exécuter une gracieuse pirouette.

Revenue à l'horizontale, elle s'enquit avec malice de l'état du jongleur :

– Ça t'a plu ? Tu veux que je recommence ?

– Non, pitié, gémit Jéhan, envahi par la nausée.

Elle ne l'entendit pas car à cet instant le corbeau s'écria :

– Attention ! Orage droit devant, fais un quart de tour à l'est !

Il était déjà trop tard. Un éclair zébra le ciel, suivi d'un coup de tonnerre fracassant qui manqua déchirer les tympans de la dragonne.

Une bourrasque la fit chavirer et Jéhan hurla alors que l'oiseau s'époumonait :

– Cap à l'est ! Cap à l'est !

Mais Mara, malmenée par les courants, aveuglée par des rafales de pluie, avait perdu ses repères. Impuissante, elle partit en vrille. Si elle ne se redressait pas, ils s'écraseraient au sol. Elle ne reverrait pas ses parents, elle ne grandirait pas, et ce garçon sur son dos non plus…

Une bouffée d'air glacé lui coupa le souffle, elle vacilla encore et tenta, en vain, de lutter contre les éléments déchaînés. Elle n'avait d'autre solution que de descendre en piqué et atterrir.

Elle rabattit ses ailes le long de son dos pendant que Jéhan, épouvanté, se plaquait contre elle. La terre approchait à vive allure et il ferma les yeux, persuadé que c'en était fini de sa courte vie.

Au prix d'un ultime effort, la dragonne déploya ses ailes pour amortir la chute. Ils heurtèrent le sol, roulèrent sans pouvoir s'arrêter, et enfin achevèrent leur course parmi les buissons.

Mara se releva, étourdie, contusionnée, mais saine et sauve. En revanche, Jéhan ne bougeait pas. Les paupières closes, allongé sur le dos, il respirait faiblement. La dragonne, très inquiète, approcha son museau du visage du garçon.

– Il est inconscient, chuchota-t-elle à Kraeû qui l'avait rejointe.

La voix étranglée, elle ajouta :

– C'est ma faute, je n'ai pas pu contourner l'orage... S'il ne se réveille pas, je ne me le pardonnerai jamais.

Le corbeau croassa, désemparé, et au même moment Jéhan reprit connaissance. Il regarda autour de lui, sourcils froncés, bougea bras et jambes avant de constater, soulagé :

– Je n'ai rien, des égratignures, deux ou trois bleus...

Il fit un clin d'œil à Mara et ajouta :

– Je ne sais pas où tu as appris à voler, mais quelques leçons supplémentaires ne seraient pas de trop !

La dragonne recula, stupéfaite. Ils venaient d'échapper à la mort et voilà ce qu'il trouvait à dire ? Toute compassion envolée, elle gronda d'un air féroce, dans l'espoir d'impressionner le garçon qui, en retour, lui sourit en lui adressant un petit signe de la main.

Kraeû, affamé, se garda d'intervenir. Qu'ils se disputent s'ils en avaient envie ! Après une telle frayeur, il avait mieux à faire que de jouer les arbitres : gratter le sol du bout de la patte pour y dénicher des asticots bien gras, par exemple !

Aux portes du palais

– C'est magnifique ! s'exclama Jéhan, admiratif à la vue du palais imposant qui dominait la ville.

Ils avaient volé quatre heures durant, le garçon accroché au cou de la dragonne qui, cette fois, s'était montrée raisonnable. Le voyage avait pris fin juste avant le lever du soleil et, après une longue marche dans la campagne, ils venaient enfin d'atteindre les premières maisons de la cité royale. Mara, qui avait repris figure humaine depuis l'aube, haussa les épaules.

– Il en faut peu pour t'impressionner !

Il s'apprêtait à répliquer mais elle le prit de vitesse :

– Dis-moi, as-tu de l'argent sur toi ?

Il hocha la tête.

– Fort bien ! Mettons-nous en quête d'une échoppe, nous avons besoin d'habits propres et d'une cage pour Kraeû. Et ne t'inquiète pas, mon père te remboursera dès qu'il sera libéré.

Une fois vêtus de neuf, ils enfermèrent l'oiseau derrière de fins barreaux d'osier et empruntèrent la route qui menait au palais.

Après quelques centaines de mètres, des militaires à cheval les dépassèrent en manquant de les bousculer. Mara les suivit du regard jusqu'à ce qu'ils disparaissent et réprima un frisson. Elle sentit sa confiance chanceler. Comment une jeune fille, un jongleur et un simple oiseau parviendraient-ils à libérer quatre prisonniers au nez et à la barbe d'hommes armés ?

Peut-être les laisserait-on pénétrer dans les lieux grâce au talent de Jéhan, mais après, que se passerait-il ?

Comment accéder aux geôles, comment ouvrir la porte du cachot et s'enfuir incognito ?

Et s'ils y parvenaient, comme échapperaient-ils ensuite à la colère de la reine ?

Jéhan, qui marchait d'un pas alerte à ses côtés, s'exclama d'un ton réjoui :

– Quand je pense que je vais être présenté à la reine ! Je me demande quel numéro lui plaira le plus... Peut-être les massues, je peux en manipuler douze à la fois, et nous ne sommes pas nombreux à réussir un tel numéro. À moins qu'elle ne préfère les cerceaux, plus élégants...

Sa belle insouciance fit sourire Mara et chassa pour un temps les questions qui la préoccupaient.

Le plus doué des jongleurs alentour

Deux gardes barraient l'entrée principale du palais. Mara, escortée de Jéhan qui portait la cage, gravit les marches, traversa le parvis et s'avança, manifestant une assurance qu'elle était loin d'éprouver.

– Messieurs, nous sommes jongleurs et nous souhaiterions présenter notre spectacle à la cour.

Le plus jeune des gardes s'approcha sans un mot, la mine sévère, et les observa attentivement. Puis il se tourna vers son comparse et hocha la tête.

On leur ouvrit et Jéhan remarqua :

– Ça s'annonce plutôt bien, non ?

La jeune fille répliqua, sourcils froncés :

– Chut ! Tu pourrais être plus discret !

Le garde souffla un coup bref dans un olifant, puis aboya à leur intention :

– Vous allez rencontrer maître Rolland, l'organisateur des festivités.

Un soldat les conduisit le long d'un couloir qui menait à un escalier qu'ils gravirent en silence, le cœur battant. Parvenu au deuxième étage, il s'arrêta devant une lourde porte de chêne et frappa. La porte s'ouvrit sur un homme âgé vêtu d'une ample tunique. Appuyé sur une canne, il les fixa d'un regard interrogateur tandis que le soldat s'éclipsait.

– Bonjour maître, je... Je suis Jéhan, bredouilla le garçon, euh, je viens vous proposer des tours qui sauront, je l'espère, réjouir notre chère souveraine. Et voici ma sœur, Mar...

Mara le coupa brutalement :

– Lilith, je m'appelle Lilith et j'assiste mon frère lors des représentations.

Le vieillard émit un grognement et, du menton, désigna la cage :

– Et qu'avons-nous là ?

– Un corbeau, maître, précisa le garçon. Il est pourvu d'un don très particulier. Il parle, il connaît des phrases entières, telles que…

Il se passa la main dans les cheveux et, le visage éclairé de malice, poursuivit :

– « Jéhan est le plus doué des jongleurs alentour, il n'a pas son pareil à la cour », ou encore « Lilith, pauvre petite, ne sait rien faire de ses dix doigts, alors elle aide son grand frère, comme il se doit ».

Mara lui adressa un regard noir.

– Que me proposes-tu ? demanda leur hôte.

– Je jongle avec douze massues, et autant de balles ou d'anneaux. Je connais des tours de prestidigitation, des acrobaties, et je…

Maître Rolland l'interrompit.

– Non, je regrette, je ne compte plus le nombre de fois où j'ai assisté à de tels numéros.

Il referma la porte sans même les saluer et Mara murmura :

– « Jéhan est le moins doué des jongleurs alentour, on n'est pas près de le voir à la cour ! »

Le garçon, piqué au vif, répliqua :

– Je te rappelle que c'est pour toi qu'on fait tout ça ! Alors tais-toi et laisse-moi réfléchir !

Il ferma les yeux, cherchant désespérément une idée. Il avait bien essayé un nouveau tour l'année dernière, mais il était si risqué qu'il y avait aussitôt renoncé. De tous les jongleurs qu'il avait croisés, rares étaient ceux qui se prêtaient à cet exercice, jugé trop dangereux. Certains même en étaient morts... Qu'importe, c'était peut-être leur seule chance. Il frappa de nouveau à la porte en appelant :

– Maître ? Maître ?

Le vieil homme consentit à ouvrir de nouveau :

– Encore toi ?

Jéhan s'arma de courage et se lança :
– J'ai… j'ai un autre numéro à vous proposer. Je peux… Oui, je peux cracher le feu, exactement comme un… comme un…

À cet instant, s'il avait regardé Mara, il aurait vu pour la première fois briller une lueur d'admiration dans ses yeux.
– Comme un dragon ! s'exclama-t-elle.

Un numéro périlleux

Maître Rolland répéta :

– Tu craches le feu…

Il se frotta pensivement le menton.

– Hum hum, voilà qui est plus intéressant en effet. Il y a bien longtemps que nous n'avons pas assisté à un numéro si périlleux… Entrez !

Mara et Jéhan pénétrèrent à l'intérieur d'une petite pièce en désordre. Le vieillard marmonna :

– Où peut bien se trouver ce satané papier…

Il finit par dénicher une feuille qu'il consulta longuement avant de remarquer :

– C'est la liste des attractions prévues pour le banquet de demain midi. Voyons… J'ai déjà un montreur d'ours, un contorsionniste, un prestidigitateur, mais il me manque quelqu'un pour clore le spectacle. Pourquoi pas un cracheur de feu ?

Jéhan se contenta de hocher la tête.

– Ce banquet sera présidé par Tomer, le grand chambellan, le plus proche conseiller de la reine, reprit maître Rolland. Quant à Sa Majesté la reine, j'ignore si elle nous honorera de sa présence, elle vit retirée la plupart du temps. Si toutefois ton numéro plaît au chambellan, il se peut fort qu'il te sollicite de nouveau. Il doit donner de nombreux dîners ces jours-ci et il aime divertir ses invités.

– Je ferai mon possible, murmura Jéhan.

– Pardonnez-moi, intervint Mara, mais… accepteriez-vous de nous héberger au palais ? Nous venons de loin, nous ne savons où dormir.

Le vieil homme écarquilla les yeux :

– Au palais ? Voyez-vous ça ! D'ordinaire les jongleurs logent à l'auberge.

– Nous n'avons pas d'argent, messire, précisa Mara.

Maître Rolland les observa en silence puis consentit enfin :

– Une partie des écuries est inoccupée, je vous autorise à y séjourner. Si vous avez faim, présentez-vous de ma part à la porte des cuisines, à l'arrière de l'aile droite. Mais interdiction d'entrer au palais !

Mara fit une légère révérence et jeta un coup d'œil à Kraeû. Celui-ci se détourna, il ne voulait pas que la jeune fille aperçoive la lueur d'inquiétude qui brillait dans son regard.

Doutes

Les écuries étaient situées aux confins d'un vaste parc. Mara et Jéhan s'y rendirent en compagnie de l'un des serviteurs du palais et la jeune fille s'efforça de ne pas broncher lorsqu'en chemin elle découvrit un large cercle de pierres plates disposées sur le sol. C'était donc ici que Nour se transformait en dragonne, la nuit venue.

Ils pénétrèrent dans le bâtiment en partie occupé par des palefreniers. Le jeune garçon qui les avait guidés leur indiqua où s'installer, puis les laissa seuls.

Ils examinèrent les lieux et découvrirent un tapis de paille sur lequel ils pourraient dormir.

Mara constata, enjouée :

– Rustique, mais confortable !

Elle libéra Kraeû, alors que Jéhan, fort pâle, inspectait l'équipement que maître Rolland lui avait fait remettre plus tôt. Des torches, des bidons d'eau de feu, de la pommade pour se protéger des brûlures. Il frissonna tandis que Mara murmurait :

– Quand je pense que mes parents sont là, si près.

Elle interrogea le corbeau :

– Sais-tu où se situent les cachots ?

Il étendit ses longues ailes noires et répondit :

– Probablement dans les sous-sols du palais, je vais m'en assurer sans délai. Je vous laisse vous entraîner.

Il prit son envol tandis que Mara s'asseyait près de Jéhan.

Elle se racla la gorge et balbutia :

– Je… je te remercie… C'est grâce à toi si nous sommes là.

Le visage posé au creux des mains, le garçon resta silencieux.

Elle lui proposa doucement :

– On se met au travail ?

Il secoua la tête avant d'avouer, piteux :
– Je suis désolé, je ne sais pas si je suis capable de cracher le feu. Tu vas encore penser que je manque de courage mais, lors de mon unique tentative, je me suis brûlé les cheveux.
Elle s'agenouilla devant lui et déclara d'un ton pressant :
– Ce spectacle est notre seule chance. Si Tomer te remarque, nous resterons plusieurs jours ici et nous trouverons le moyen d'accéder aux geôles. Je suis sûre que tu peux réussir.

Il la dévisagea, surpris. Elle paraissait sincère. Il ferma les yeux et, l'espace d'un instant, il se rappela Mara, la veille, pleurant sur les ruines fumantes de Castelbrune.

Ce souvenir fit battre son cœur plus fort, alors il inspira à fond et répondit bravement :

– Si je veux être prêt, il faut que je commence à m'exercer immédiatement.

Mara acquiesça, un sourire lumineux sur les lèvres. Puis elle se leva, épousseta sa jupe et s'inclina gracieusement devant lui :

– Messire Jéhan, n'oubliez pas que votre assistante est là pour vous aider autant que de besoin !

Le banquet

Quand le corbeau rentra à la tombée du soir, il découvrit Mara et Jéhan assoupis sur une épaisse couche de paille. Il picora quelques miettes du pain qu'ils étaient allés chercher en cuisine puis chuchota à l'oreille de Mara :

– Les prisonniers sont enfermés sous les combles. La reine les a installés là à cause des fortes pluies qui ont inondé les geôles.

Mara se redressa avec vivacité.

– As-tu aperçu mes parents ? Et leurs domestiques ?

Kraeû secoua la tête.

– Hélas non, il faisait trop sombre. Mais ils sont emprisonnés là, sans aucun doute. Dis-moi, le numéro de Jéhan est-il au point ?

– Pas encore. Malgré tous ses efforts, les flammes qu'il crache n'ont rien de spectaculaire.

Elle ajouta, pensive :

– Tu sais, je me suis trompée sur son compte. Il est tenace et courageux, je suis sûre que demain il y arrivera…

Kraeû se nicha près d'elle et pépia doucement :

– Tant mieux, tant mieux. Dors, maintenant.

Jéhan, les yeux ouverts dans la nuit, souriait en écoutant Mara. Ce numéro, il le réussirait, coûte que coûte. Pour elle.

Le lendemain matin, il se réveilla tôt et se mit au travail. Il gagna peu à peu en assurance si bien que lorsque sonnèrent les trompettes annonciatrices du banquet, il se sentait presque prêt.

Vers midi, une servante vint les chercher et ils rejoignent les baladins installés à l'ombre d'un immense tilleul.

La fête avait lieu en plein air, devant le palais, et des musiciens jouaient déjà face aux tables installées en demi-cercle.

Mara porta immédiatement son regard sur la souveraine, une femme élégante au visage las, qui occupait la place d'honneur. Voilà donc à quoi ressemblait celle qui voulait sa mort... À sa droite se tenait un homme au physique avenant, qui se penchait régulièrement vers elle, respectueux et attentif.

Jéhan, qui vérifiait son matériel, l'interrogea soudain :

– Et toi, quand tu... enfin, quand tu es... tu as déjà craché du feu ?

– Kraeû ne m'y a jamais autorisée, mais il m'est arrivé d'essayer en cachette. Je ne suis parvenue qu'à expulser de la vapeur en m'ébouillantant les naseaux. Je crois qu'en la matière tu es plus doué que moi !

Le montreur d'ours qui patientait près d'elle la dévisagea bizarrement et elle jugea raisonnable de clore là cette conversation.

Jéhan, très nerveux, passait d'un pied sur l'autre en dévisageant les hôtes. Tout à coup, il murmura :

– L'homme qui parle à la reine, là, le chambellan, je l'ai déjà vu !

Elle se tourna vivement vers lui et il expliqua à mi-voix :

– À Castelbrune, quand la dragonne s'en est prise à tes parents, il était là. Il lui a demandé de ne pas leur faire de mal. Peut-être qu'il nous...

Il fut interrompu par maître Rolland qui, à voix haute et forte, réclamait le silence de l'assemblée afin d'annoncer les attractions.

Lorsque Jéhan entendit son nom, suivi de « Un jongleur pour qui le feu n'a pas de secret ! », ses jambes flageolèrent et il dut s'appuyer sur l'épaule de Mara.

Un cracheur de feu

Mara et Jéhan ne quittèrent pas le spectacle des yeux.

Ils virent un ours marcher en équilibre sur ses pattes avant, puis ordonner à son dresseur, avec des gestes autoritaires, d'en faire autant ; ils acclamèrent un magicien qui faisait apparaître des pièces d'or à volonté. Ils contemplaient un contorsionniste aussi souple qu'une anguille quand maître Rolland vint chuchoter à l'oreille de Jéhan :

– Tiens-toi prêt.

À ces mots, le garçon s'aspergea d'eau de la tête aux pieds.

– Tu vas réussir ! lui assura Mara avant de mouiller à son tour ses vêtements.

Un instant après, sous les croassements de Kraeû perché non loin de là, ils saluèrent leur public, puis Mara, solennelle, tendit le bidon d'eau de feu à Jéhan et alluma gracieusement la torche sur laquelle il devait cracher afin de donner naissance aux flammes.

Le jeune homme s'emplit la bouche de liquide, renversa le visage en arrière et expulsa l'eau de feu sur le bâton que Mara tenait fermement. La flamme attendue apparut aussitôt et il cracha de nouveau afin de la faire croître et s'élever vers le ciel.

Il sembla aux spectateurs qu'elle atteignait les nuages et, dès qu'elle fut sur le point de s'éteindre, Jéhan la fit renaître.

Les musiciens brandirent leurs tambourins et les firent vibrer crescendo, au fur et à mesure que le feu gagnait en intensité. Les exclamations de surprise et les bravos fusaient.

Quand la flamme s'éteignit, les applaudissements crépitèrent et des pièces d'argent atterrirent en cascade aux pieds des jongleurs.

Les doigts entrelacés, ils exécutèrent de nombreux saluts qu'ils interrompirent lorsque maître Rolland vint les avertir :

– Le chambellan désire vous féliciter tous les deux.

Ravis, Mara et Jéhan s'avancèrent jusqu'à la table de Tomer et le saluèrent respectueusement.

– Vous venez de nous régaler avec un numéro d'exception ! s'exclama-t-il.

Du bout des doigts il lissa sa fine moustache et, désignant le fauteuil vide à sa gauche, ajouta :

– Vous excuserez notre reine, elle n'a pu assister à vos prouesses. Elle a regagné ses appartements, elle souffre hélas de violentes migraines.

Puis il but une gorgée de vin et proposa d'un ton enjoué :

– Je vais prochainement inviter des amis et j'aimerais que vous vous produisiez devant eux.

– Avec plaisir, s'empressa de répondre Jéhan. Nous pouvons aussi réaliser des acrobaties, des tours de magie et...

– Ah oui ! s'extasia Tomer, de la magie ! Vous n'imaginez pas à quel point cette discipline est chère à mes yeux, et ce depuis fort longtemps...

Maître Rolland prit la parole :

– Si vous n'y voyez pas d'inconvénient, je vais conduire ces jeunes gens aux cuisines, ils ont sûrement hâte de se restaurer.

D'un signe de la main, il fit signe aux deux jongleurs de le suivre.

Beignets et pain perdu

Mara et Jéhan s'installèrent devant les restes appétissants du banquet et dégustèrent leur repas en silence.

Ils étaient sur le point de se lever, rassasiés, quand une cuisinière vint s'asseoir près d'eux.

– J'ai admiré votre numéro par la fenêtre, quelle merveille ! Ah comme j'aimerais moi aussi parcourir les routes de village en village...

Elle soupira avant de chuchoter avec des airs de conspiratrice :

– J'ai mis de côté des beignets et du pain perdu, vous en voulez ?

Jéhan lui sourit :

– Vous êtes très aimable mais je n'ai plus faim.

Il étouffa un bâillement et se leva.

– La nuit a été courte, je retourne aux écuries me reposer un peu.

Mara se tourna vers la cuisinière.

– Pour ma part, j'avoue que je goûterais volontiers à vos beignets.

Une assiette richement garnie apparut devant elle, dans laquelle elle piocha avec gourmandise.

– C'est un délice ! s'exclama-t-elle, la bouche encore pleine.

La cuisinière hocha la tête avec fierté avant de remarquer, pensive :

– Quel dommage que notre souveraine n'ait pu profiter de votre spectacle. Elle est de santé si fragile, la pauvre !

Elle servit de l'eau à Mara puis ajouta :

– On ne la voit guère. Elle se promène parfois dans le parc, le matin, et ne ressort de ses appartements qu'à quatre heures, pour travailler avec le chambellan dans la grande bibliothèque du premier étage.

D'un revers de main elle balaya les miettes éparpillées sur la table.

– Heureusement, poursuivit-elle, son conseiller, lui, aime la fête et il sait en faire profiter les domestiques. D'ici quelques minutes, lorsque tout sera rangé, nous aurons notre après-midi de libre et, croyez-moi, à l'exception des gardes chargés de surveiller les geôles, personne ne restera enfermé entre les murs du palais !

Elle mordit dans une tranche de pain perdu et, en veine de bavardage, ajouta :

– Avec ça, notre reine n'a guère d'appétit. Le soir, on lui fait porter une simple soupe et…

Mara, qui jusque-là l'avait écoutée avec le plus grand intérêt, l'interrompit.

– Pardonnez-moi, je dois rejoindre mon frère. Je viens d'avoir l'idée d'un nouveau tour et j'ai peur de l'oublier. Merci pour ce festin !

Sur ces mots elle quitta la table et s'élança en courant dans le parc.

Deux espions

– Jéhan, réveille-toi !

Le garçon, les traits bouffis de sommeil, ébouriffé, se redressa brusquement.

– Quoi ? Que se passe-t-il ?

– Nous devons y aller !

Il la regarda fixement, les yeux écarquillés.

– Aller où ?

– Dans la grande bibliothèque ! La reine et Tomer, le chambellan, s'y retrouvent à quatre heures, ils parleront sans doute de mes parents, cela nous donnera peut-être des indications pour les libérer. Nous allons nous rendre là-bas, nous cacher et les écouter.

Jéhan s'écria d'un ton désapprobateur :

– Espionner la reine, autant se jeter dans la gueule du loup ! Imagine un peu qu'on nous découvre…

– C'est le moment ou jamais, insista Mara. Personne ne nous verra, les domestiques ne travaillent pas cet après-midi.

Jéhan se leva, s'étira et secoua la tête.

– Qu'importe, c'est trop risqué.

– Bien, jeta-t-elle, j'irai seule.

Sans un mot de plus, elle sortit des écuries. Il lui emboîta le pas en soupirant.

– C'est de la folie, de la folie !

Ils pénétrèrent dans le palais par l'entrée de service, derrière les cuisines. Ils montèrent au premier étage et suivirent sur la pointe des pieds un dédale de couloirs sans croiser âme qui vive. La cuisinière avait dit juste, les lieux étaient déserts. Ils s'arrêtèrent enfin devant une double porte sur laquelle de vieux grimoires étaient sculptés.

Mara frappa, n'obtint pas de réponse et pénétra dans une salle immense aux cloisons couvertes de livres.

– Il n'y a là nulle part où se cacher, constata Jéhan, soulagé. Repartons.

La jeune fille ne répondit pas et s'approcha d'une tenture qu'elle fit coulisser. Juste derrière se trouvait une petite pièce meublée d'un banc, d'un guéridon et d'un coffre sur lequel on avait disposé trois chandeliers. Elle les posa à terre et l'ouvrit en constatant :

– Il y a assez de place pour que nous nous y glissions. Il suffira de laisser ce rideau entrouvert et de tendre l'oreille !

Le garçon, consterné, secoua la tête.

– Tu n'y penses pas ! Et si…

Mara le coupa :

– Ils n'ont aucune raison de venir ici, c'est un cabinet réservé à la lecture.

Elle fit un geste en direction de la bibliothèque.

– Ils vont sûrement s'installer autour de cette table, à quelques mètres à peine. Nous entendrons chacun des mots qu'ils prononceront.

Elle posa une main sur son bras.

– Fais-moi confiance, jusqu'ici tout s'est bien passé…

Et sur ces mots, elle alla piocher au hasard un roman sur une étagère. Elle fit signe à Jéhan de la suivre et grimpa dans le coffre. Elle se recroquevilla à l'intérieur. Le garçon, en bougonnant, en fit autant.

– Dis-moi, sais-tu où est Kraeû ? demanda-t-elle soudain.

– Oui, il survole les toits à la recherche de la cellule dans laquelle tes parents sont enfermés.

– Pourvu qu'il la trouve, soupira Mara.

Ils patientèrent un long moment. Enfin, des pas claquèrent sur le parquet. Mara rabattit le couvercle à la hâte, prenant soin, grâce au livre posé en équilibre sur le bord du meuble, de ne pas le fermer complètement.

Décision royale

– Nous n'en avons pas pour longtemps, Votre Majesté, déclara Tomer en s'asseyant. J'ai simplement quelques documents à vous faire approuver.

Le souffle suspendu, Mara et Jéhan entendirent la reine répondre âprement :

– J'espère surtout que vous avez réuni de nouveaux éléments sur l'affaire qui me préoccupe.

– Je vais y venir, je vais y venir, répéta son conseiller d'un ton apaisant.

Il poussa vers la souveraine une épaisse liasse de feuilles.

– Ce sont les devis que nous ont procurés nos artisans, au sujet de la réfection de nos geôles souterraines. Désirez-vous que je vous en fasse la lecture ?

– C'est inutile, je vous fais confiance.

La plume gratta le papier, puis le chambellan reprit :

– Je dois aussi vous entretenir d'une loi que notre ministre des finances a…

Nour le coupa, agacée :

– Il suffit, débrouillez-vous-en. A-t-on du nouveau au sujet de la fille de Brunoît ?

À ces mots, Mara serra fort la main de Jéhan.

Le chambellan se racla la gorge et répondit enfin :

– Trois cents de nos hommes sillonnent le pays à sa recherche, j'ai bon espoir.

– C'est invraisemblable ! s'exclama la reine. Par quel miracle une jeune fille sans aucun moyen de subsistance et ignorante du monde qui l'entoure peut-elle se soustraire à notre vigilance ?

– N'oubliez pas, Majesté, que nous ignorons tout de son apparence !

– Sornettes ! Faites parler ses parents !

– J'ai essayé à plusieurs reprises, en vain. Cela dit, ils n'ont ni eau ni nourriture depuis leur arrivée, je suis sûr que ces privations ne tarderont pas à les rendre loquaces.

La reine se leva brusquement.

– J'ai assez patienté ! J'ai juré que Mara mourrait à l'âge de treize ans, comme Angus. Il est temps que mon frère connaisse à son tour la douleur d'un deuil cruel.

Elle arpenta la pièce, en proie à une fièvre qui ne l'avait guère quittée ces dernières années. Soudain elle leva la tête, le regard attiré par un oiseau posé sur la rambarde du balcon.

– Il ressemble à s'y méprendre à Rhôr, mon cher conseiller. Je me demande ce qu'il est devenu… S'il était à mes côtés, il me dirait comment retrouver celle que je cherche. Lui saurait m'apaiser.

Le chambellan protesta :

– Votre Majesté, vous oubliez que c'est à cause de cet oiseau si vous n'avez pas exercé plus tôt votre vengeance. C'est lui qui vous a suggéré d'attendre de si longues années.

La reine soupira.

– Qu'importe. Mon corbeau me manque, voilà tout.

Elle revint s'asseoir et fit jouer nerveusement ses ongles sur le bois du bureau, avant d'ordonner :

– Vous ferez conduire nos deux prisonniers au parc, ainsi que leurs domestiques, après minuit. Je les menacerai de mes flammes, et là, ils n'auront d'autre choix que de m'avouer où se cache ma nièce.

– Et s'ils se taisent ? questionna-t-il, un sourcil levé.

Elle éclata d'un rire dépourvu de joie.

– S'ils se taisent ? Je mettrai fin à leur existence sur-le-champ.

À ces mots, Mara étouffa un cri d'effroi. Jéhan, en dépit de l'étroitesse du coffre, parvint à passer un bras réconfortant autour de ses épaules et posa un index sur ses lèvres pour lui imposer le silence.

– Si ses parents meurent, votre nièce vous échappera peut-être à jamais, intervint le chambellan.

La reine Nour se rembrunit et gronda :

– Mon frère est un meurtrier, vous m'en avez naguère apporté la preuve, souvenez-vous, la bague, le poison... À ce titre, je n'aurai aucun scrupule à le tuer.

Le chambellan resta silencieux un moment, avant de suggérer :

– Pardonnez-moi de vous contredire, mais si vous voulez mettre la main sur votre nièce, votre frère et son épouse vous seront plus utiles vifs que morts. À l'heure qu'il est, Mara cherche sans doute à les rejoindre pour les sauver.

La souveraine se contenta de répéter sèchement :

– Je veux les prisonniers dans le parc à minuit.

Et sur ces mots elle quitta la bibliothèque.

Pris au piège

Jéhan et Mara perçurent un bruit de pas qui s'estompait, la reine et le chambellan quittaient la bibliothèque.

Mara, effondrée, étouffa au mieux ses sanglots. La mort rôdait, menaçante, tout près de ses parents… Le garçon, désolé, lui pressa la main.

– Ne t'inquiète pas, rien n'est perdu. Il nous reste quelques heures pour agir.

– J'aimerais savoir quelles sont ces preuves dont Nour a parlé, la bague, le poison… balbutia Mara.

– Nous y réfléchirons plus tard, répondit Jéhan. Sortons d'ici tant que la voie est libre.

Joignant le geste à la parole, il souleva le couvercle et fit tomber à terre, dans un bruit mat, le livre qui l'avait maintenu entrouvert.

Aussitôt retentirent, du dehors, une suite de croassements stridents. Mara s'immobilisa, aux aguets.

– Kraeû, il doit être sur le balcon... Il veut sûrement nous parler, je vais le voir, souffla-t-elle.

Elle quitta le coffre et tendit la main pour écarter la tenture.

Au même instant d'autres doigts que les siens s'en chargèrent d'un mouvement vif. Le chambellan était là, qui les dévisageait froidement.

– Serait-ce là un de vos tours de passe-passe ?

– Non, monseigneur, non, Mara et moi voulions seulement… bafouilla Jéhan.

Mais Tomer ne l'écoutait pas et fixait la jeune fille avec grand intérêt.

– Ainsi donc tu te prénommes Mara. Quel joli prénom, si peu courant.

Désespérée, elle regarda son ami.

– Je choisissais un livre pour notre souveraine, reprit Tomer. Elle aime parfois que je lui fasse la lecture. Trêve de bavardages, sauf erreur grossière de ma part, tu n'es autre que sa nièce, celle que nous cherchons partout depuis deux jours…

Mara baissa les yeux.

– Tes parents seront sans doute exécutés ce soir, peu après minuit. J'ai le plaisir de t'annoncer que tu te joindras à ces réjouissances, je vais de ce pas en informer ta tante. D'ici là, tu patienteras dans l'une de nos cellules.

Il se tourna vers Jéhan.

– Pour t'être fait le complice d'une fuyarde, tu recevras cent coups de fouet dès aujourd'hui.

– Il n'a pas mérité pareil châtiment ! s'indigna Mara. Rendez-lui sa liberté !

Jéhan plongea son regard clair dans celui de son amie et à son tour déclara :

– Enfermez-moi avec elle, je l'accompagnerai durant le peu de temps qui lui reste. Je me soumettrai demain aux coups de fouet si vous me prêtez vie jusque-là.

Un sourire reconnaissant se dessina sur les lèvres de Mara.

– Quel esprit chevaleresque ! ironisa Tomer. Eh bien soit, au cachot tous les deux ! Gardes !

Alors que les gardes faisaient irruption dans la pièce, Mara s'adressa au chambellan.

– Je sais pourquoi la reine veut ma disparition. Mais vous, monseigneur, qu'avez-vous à y gagner ?

Sans daigner lui répondre, le chambellan leur tourna le dos et quitta les lieux.

Prisonniers

Les gardes conduisirent les captifs jusqu'à un escalier dérobé dont ils leur firent gravir les marches avec rudesse. Parvenus au dernier étage, ils les précédèrent dans un sombre corridor, puis les poussèrent brutalement à l'intérieur d'une cellule.

Le verrou claqua sèchement, le bruit de leurs pas déclina et les deux prisonniers observèrent leur sinistre cachot : quatre murs recouverts de toiles d'araignées, un toit percé d'une inaccessible lucarne et, pour tout meuble, un tabouret et une paillasse posée au sol.

Des larmes de dépit montèrent aux yeux de Mara, qu'elle s'empressa de chasser.

– Il faut absolument qu'on trouve le moyen de sortir d'ici, murmura Jéhan.

À cet instant, au-dessus d'eux, tinta un bruit reconnaissable entre tous, le toc-toc-toc du bec d'un corbeau.

Mara se hissa sur la pointe des pieds dans le vain espoir de se rapprocher de Kraeû, dont la voix lui parvint étouffée :

– Ça y est, j'ai aperçu tes parents au travers d'une lucarne, ils n'ont pas l'air trop mal en point. J'ai même vu vos domestiques.

Portant les mains à son visage, la jeune fille laissa fuser un cri de soulagement. L'oiseau claqua du bec avant d'ajouter, mécontent :

– J'ai aussi assisté à votre arrestation et je ne vous félicite pas ! Quelle folie vous a pris d'espionner la reine et son chambellan ?

– Jéhan n'y est pour rien, c'était mon idée, avoua Mara.

– Une idée désastreuse, maugréa l'oiseau. Enfin, l'heure n'est pas aux reproches. Que savez-vous des intentions de ces malfaisants ?

– Ce soir, après minuit, Nour va…

Gagnée par l'émotion, la gorge serrée, elle ne put poursuivre et Jéhan prit la parole :

– La reine compte se métamorphoser et en finir avec… avec cette histoire. Définitivement.

Kraeû gloussa, accablé.

– Voilà exactement ce que je craignais ! Si vous m'aviez écouté, nous ne…

Le garçon l'interrompit net :

– Cessons de nous lamenter ! Cherchons plutôt le moyen de nous échapper.

– Nous échapper ? C'est impossible ! constata Mara, un pli amer au coin de la bouche. Ah, si seulement je pouvais me transformer en dragonne… Mais comment faire dans ce cachot ?

Elle regarda son compagnon, puis murmura :

– Je n'aurais pas dû t'entraîner dans pareille aventure, je suis désolée.

Jéhan trouva le courage d'avouer en rougissant :

– Je ne le regrette pas, bien au contraire. Notre rencontre est la plus belle chose qui me soit jamais arrivée, et je... je donnerais cher pour qu'elle ne prenne pas fin de sitôt.

Émue, la jeune fille baissa les yeux.

Kraeû les contemplait, la tête penchée. Ces enfants l'ignoraient encore, mais ils étaient amoureux !

Une bague et du poison

Mara arpentait la cellule d'un pas nerveux lorsque soudain elle leva la tête.

– Kraeû, la reine dit avoir des preuves de la culpabilité de mon père, une bague, du poison, que Tomer aurait découverts. Sais-tu de quoi il s'agit ?

L'oiseau, bien embarrassé, passa d'une patte sur l'autre.

– Hum, je ne voulais pas t'encombrer l'esprit avec ça… D'après ce qu'on raconte, quand tes parents ont quitté précipitamment la cour, voilà quatorze ans, le chambellan a découvert la bague creuse de Brunoît et… elle contenait des traces de cyanure.

– C'est impossible ! s'étonna la jeune fille. Cette bague, mon père la porte encore aujourd'hui. C'est un cadeau de sa mère, il y tient beaucoup et ne s'en est jamais séparé. Cet homme ment ! Papa adorait son neveu Angus, il est innocent !

L'oiseau toussota et commenta d'une voix apaisante :

– Sois sans inquiétude, je le sais. Je me demande seulement pourquoi Tomer a fabriqué des preuves de toutes pièces.

À cet instant Jéhan intervint.

– Attendez, j'ai une idée. Kraeû, si vous détruisez le cercle de pierres qui se trouve dans le parc, Nour ne pourra plus se métamorphoser, si ?

– Hélas mon jeune ami, ces cercles sont magiques, ils ne peuvent être défaits que par ceux qui les ont créés.

– Alors Mara, tu n'as pas le choix, tu vas devoir te mesurer à la reine ! conclut le garçon.

Il prit une profonde inspiration et poursuivit :

– Tout à l'heure, tu as dit que tu ne pouvais pas te transformer en dragonne dans ce cachot, n'est-ce pas ?

Elle hocha la tête.

– Je pense au contraire que c'est possible, reprit-il. Il suffit que Kraeû brise la vitre à coups de bec puis qu'il nous apporte de petites pierres plates pour former un cercle au centre duquel tu te placeras. Tu redeviendras dragonne, et les murs de notre prison ne te résisteront pas.

Le corbeau émit un croassement agacé :

– La transformation ne s'opère qu'en plein air, et pas avant minuit.

– Qu'en savez-vous ? demanda Jéhan.

– Cela m'a été enseigné par mon père ! rétorqua Kraeû.

– S'il te plaît, fais ce qu'il dit, brise la vitre, le supplia Mara. C'est notre dernière chance.

L'oiseau sentit ses certitudes vaciller. Ils avaient raison, il fallait tout tenter.

Il s'y reprit à plusieurs fois avant de rompre la vitre et il se mit ensuite en quête de pierres plates assez légères pour être transportées du bout du bec. Il trouva ce qu'il cherchait sur la rive du cours d'eau qui serpentait au pied de la cité, dans le lit duquel on avait retrouvé le corps de son père Rhôr.

Il fit d'incessantes allées et venues et disposa sur le plancher une ronde de fins galets. Lorsque ce fut terminé, Mara se plaça à l'intérieur, pressée d'opérer sa métamorphose. Hélas, elle eut beau se tenir droite, les bras le long du corps, les paupières closes, rien ne se produisit, pas le moindre frisson, pas le plus petit picotement.

Kraeû murmura :

– Et voilà, j'avais raison ! Il te faut attendre les douze coups de minuit, je te l'ai toujours dit.

Jéhan lut le désarroi sur le visage de son amie et il s'empressa de déclarer avec conviction :

– Parfait ! À minuit pile, tu te transformeras et tu affronteras la reine à armes égales.

– Je ne sais pas cracher le feu, s'inquiéta la jeune fille, comment pourrai-je me défendre ou l'attaquer ?

Kraeû lissa lentement l'une de ses plumes et ajouta d'un ton qui se voulait rassurant :

– Il n'est jamais trop tard pour apprendre !

S'ensuivit une leçon détaillée qu'elle écouta attentivement.

Pour produire du feu, Mara devrait remplir ses poumons d'air, puis les vider en totalité par trois fois. Cela leur permettait de gagner en volume et d'acquérir la puissance nécessaire pour faire jaillir la flamme désirée. Alors seulement, après avoir inspiré de nouveau, il lui faudrait projeter son cou en avant d'un geste sec, tel un serpent qui se jette sur sa proie, et tousser en ouvrant la gueule le plus largement possible.

Kraeû se garda bien de mentionner que d'ordinaire cet apprentissage demandait des heures d'entraînement.

Pendant de longues minutes, la jeune fille s'employa à remplir et vider ses poumons. Ensuite, sur l'ordre de l'oiseau, elle s'allongea pour se reposer un peu.

Jéhan, assis en tailleur, entreprit de graver sur le plancher à l'aide d'un tesson de verre les membres d'une famille réunie et un corbeau à côté duquel jonglait un jeune garçon...

Quant à Kraeû, soucieux, il ne cessait de se jucher sur le toit pour contempler la course du soleil. L'astre déclinait et se coucherait bientôt, remplacé par la lune. En observant leur lent ballet, il saurait exactement à quel moment la minute fatidique s'afficherait sur les pendules du palais.

Minuit

La nuit était là depuis longtemps lorsque Jéhan, à la demande du corbeau, réveilla doucement son amie. Elle ouvrit les yeux, désorientée, puis dévisagea ses compagnons en fronçant les sourcils, avant qu'enfin la mémoire lui revienne.

– Il est temps de te placer au centre du cercle, annonça Kraeû.

Elle s'exécuta aussitôt et il reprit :

– Si la transformation opère, dès que tu t'envoleras, actionne tes poumons. Et lance tes flammes la première de manière à surprendre ton adversaire.

Mara hocha la tête.

– Atterris sans tarder, lui conseilla Kraeû. Dans les airs, Nour sera plus habile et plus rapide que toi. Au sol, en revanche, elle se déplacera avec moins d'aisance. C'est compris ?

– Oui, chuchota-t-elle.

Elle ferma les paupières et gagna le cercle de pierres.

Kraeû, posé sur le rebord de la lucarne, aux aguets, observait le ciel pendant que Jéhan priait en secret pour que la métamorphose ait lieu.

La jeune fille et le garçon sursautèrent quand le corbeau lança soudain :

– Il est minuit !

Frissons et picotements s'emparèrent de Mara. Son corps se déploya en tous sens, gagna en largeur et en hauteur à un point tel que la charpente se brisa net. La dragonne était de retour, et même si elle se blessa au contact des esquilles de bois, elle ne put retenir un cri de joie.

Jéhan ouvrit des yeux émerveillés tandis que le corbeau admettait, soulagé :

– Je dois reconnaître que vous aviez en partie raison. Pressons-nous, les gardes vont arriver !

La gorge nouée, Mara contempla le garçon. Elle faillit lui parler de ce sentiment étrange qui faisait palpiter son cœur à chaque fois qu'elle le regardait, mais elle n'osa pas et se détourna vivement. En quelques coups de pattes hâtifs, elle élargit le trou béant qui s'était creusé dans le toit.

Elle était sur le point de s'élancer lorsque soudain Jéhan s'écria :

– Mara, attends-moi !

Il la rejoignit en deux pas et, d'un bond agile, sauta sur son dos sans lui laisser le temps de protester.

Le feu des dragonnes

Mara survola lentement le parc. Sous l'œil attentif de Kraeû, elle actionna ses poumons le plus possible, à trois reprises, et amorça la descente. Au même instant la reine et le chambellan sortirent du palais, suivis de gardes qui encadraient deux couples bâillonnés, aux mains ligotées.

Ils traversèrent la pelouse pour s'approcher du cercle de pierres, mais avant que la souveraine ne s'y place, Tomer leva la tête et aperçut Mara. Stupéfait, il la désigna à la reine.

– Le feu, Mara, maintenant ! cria Jéhan.

– Dépêche-toi ! hurla Kraeû à leurs côtés.

La jeune dragonne projeta son long cou mais elle eut beau tousser et tousser encore, aucune flamme ne jaillit de sa gueule.

– Oh non, je n'y arrive pas, gémit-elle.

Nour avait gagné le centre du cercle. Elle se mua immédiatement en une bête impressionnante qui illumina le ciel d'une flamme gigantesque. Mara, effrayée, envisagea l'espace d'une seconde de s'enfuir à tire-d'aile. C'était compter sans Kraeû.

– Descends et atterris, vite ! lui ordonna-t-il.

Mara puisa sa force dans le ton déterminé de l'oiseau et cria à Jéhan :

– Accroche-toi !

Elle sentit deux bras confiants lui enserrer le cou, s'ébroua et se mit en position de piqué.

Elle atterrit brutalement, non loin de Nour qui, sûre de gagner le combat, n'avait pas bougé. La souveraine ouvrit la gueule et s'apprêta à cracher de nouveau. Mara se baissa juste à temps pour éviter la longue flamme tandis que Jéhan s'aplatissait sur son dos.

– La bague ! s'écria le corbeau qui venait de se poser. Parle de la bague !

Tomer poussa un cri de rage et, désignant le volatile, hurla à l'intention de la reine :

– Faites feu sur cette maudite bestiole ! Feu, vous dis-je !

La dragonne royale se tourna vivement. Sous le regard horrifié de Mara et de Jéhan, Kraeû s'enflamma et ne fut bientôt plus qu'un minuscule tas de cendres surmonté de quelques plumes carbonisées.

Une information importante

La jeune dragonne, bouleversée par la disparition de son corbeau, sentit de lourdes larmes serpenter le long de son museau. Son chagrin s'accentua lorsqu'elle observa ses parents et leurs domestiques, amaigris, épuisés.

Jéhan posa pied à terre et Mara se dressa sur ses pattes arrière, tête baissée en signe de soumission

– Ma tante, balbutia-t-elle, je ne suis pas de taille à lutter contre vous. Puisque telle est votre volonté, tuez-moi, mais je vous en supplie, épargnez mes proches.

Ses paroles furent accueillies par un profond silence.

La souveraine, menaçante, fit un pas en avant et il sembla soudain à Mara que les derniers mots de Kraeû résonnaient à son oreille : « La bague, parle de la bague ! » Le sang circula plus vite dans ses veines... Elle croisa le regard suppliant de Jéhan, se redressa fièrement et ajouta :

– Toutefois, avant que vous ne procédiez à mon exécution, je désire vous faire part d'une information importante.

– Tais-toi, on ne t'a pas donné la parole ! s'interposa Tomer.

Puis s'adressant à la reine, il ajouta :

– Majesté, finissons-en, cela a assez duré.

Nour, intriguée par les propos de sa nièce, entrouvrit le museau.

– Calmez-vous, mon ami, il s'agit simplement d'écouter les ultimes paroles d'une condamnée, rien d'autre.

S'adressant à Mara, elle ordonna :

– Sois brève.

Jéhan posa une main réconfortante sur le flanc de la jeune dragonne qui demanda :

– Ma tante, vous souvenez-vous de la bague de mon père ?

– Oui, bien sûr, un cadeau de notre mère pour ses quinze ans, répondit la souveraine.

Puis elle précisa sèchement :

– Une bague à compartiment, qui contenait le poison avec lequel il a tué mon fils. Lorsque mon chambellan l'a retrouvée, elle contenait encore du cyanure.

– Cette bague, sauriez-vous la reconnaître ?

– Évidemment, elle porte les armoiries de notre famille. Est-ce là tout ce dont tu souhaitais m'entretenir ?

Fermement, Mara poursuivit :

– Savez-vous où elle se trouve ?

La dragonne réfléchit un instant avant de préciser :

– Je crois me rappeler que Tomer l'a mise en lieu sûr, ici, au palais, dans un coffre.

– À ma connaissance, ajouta Mara, ce bijou comportait un signe particulier…

Tomer, d'une voix rageuse, intervint :

– Il suffit ! Cela ne mène nulle part, elle cherche seulement à gagner du temps !

Nour, qui ne paraissait pas l'avoir entendu, murmura, pensive :

– Un signe particulier… Oui, c'est vrai. Peu après l'avoir reçue en cadeau, mon frère l'avait fait tomber sous le sabot d'un cheval… L'anneau en est resté bosselé. Où veux-tu donc en venir ?

Le pouls de Mara s'accéléra et elle poursuivit d'un ton pressant :

– Cette même bague est toujours au doigt de mon père. Celle que vous gardez au palais n'est qu'une copie, grossièrement imitée, qui ne fait que prouver la culpabilité du véritable criminel.

Elle se tourna vers le chambellan, qu'elle dévisagea avec insistance. Celui-ci, perdant son sang-froid, hurla :

– Votre Majesté, ne l'écoutez pas… Elle ment pour garder la vie sauve.

– Reprenez-vous, je vous prie, intervint la reine d'un ton sec. S'il s'agit d'une pure invention, ce sera facile à prouver.

Puis elle ordonna à son frère :

– Viens ici et montre-moi ce bijou.

Un homme en fuite

Un garde libéra le prisonnier qui, à pas chancelants, s'approcha de sa sœur. Il ôta son bâillon, retira non sans mal la bague de son doigt et la tendit à Nour. Le museau de la dragonne royale s'approcha jusqu'à effleurer la paume de Brunoît. Elle observa longuement le bijou et balbutia :

– Il n'y a aucune erreur possible, c'est celle que notre mère t'a offerte…

Elle se redressa et, glaciale, s'adressa à Tomer.

– Quelle histoire m'avez-vous racontée ? Où se trouve la bague prétendument oubliée par mon frère ? Montrez-la-moi !

Le chambellan écarta les bras et ouvrit la bouche comme s'il s'apprêtait à s'expliquer, mais il prit soudain toute l'assistance de court en détalant aussi vite qu'un lapin pourchassé par un renard.

– Ma nièce, tu es plus légère et plus rapide que moi, rattrape-le ! s'écria la souveraine.

Mara, en peu de bonds, rejoignit Tomer qu'elle projeta violemment au sol.

Elle avança sa gueule contre le visage du traître et gronda, hors d'elle :

– Je me demande ce qui me retient de te tuer ! Debout ! Et ne tente pas de fuir, à la moindre alerte je prendrai ta vie d'un seul coup de griffes.

Lorsqu'ils revinrent près de Nour, celle-ci s'adressa d'une voix blanche à l'homme qui, jusqu'à ce jour, avait été son fidèle conseiller.

– Pourquoi avez-vous menti de la sorte ?

Tomer leva fièrement le menton et rétorqua avec hargne :

– Parce qu'il était temps d'en finir ! Votre maudit corbeau – dont fort heureusement je me suis débarrassé – vous avait convaincu d'attendre treize ans pour parvenir à vos fins. Treize ans, autant dire l'éternité ! Ce soir j'allais enfin toucher au but et voilà que...

La reine, interloquée, le coupa :

– Vous alliez enfin toucher au but ? De quoi parlez-vous au juste ?

Il se mura dans un mutisme hautain. Mara s'approcha de lui, menaçante, prête à cracher un jet de vapeur dans sa direction.

Des aveux

Le chambellan sursauta, balaya l'assistance du regard et lança :

– Apprenez que c'est moi qui ai mis fin à la vie de votre enfant Angus.

La reine ne put retenir un cri.

– Rien ne fut plus facile, poursuivit-il. À l'époque, souvenez-vous, je n'étais qu'un simple précepteur, personne ne m'accordait la moindre attention… Brunoît m'a tendu le bol de tisane, j'y ai versé le contenu d'une fiole de cyanure cachée au creux de ma main, et j'ai présenté le breuvage à Angus, qui l'a bu d'une traite. J'étais à ce point transparent que vous avez trouvé tout naturel, Majesté, de porter immédiatement vos soupçons sur votre frère !

Il émit un ricanement satisfait.

– Il me fut facile de vous conforter dans votre position et de vous suggérer des châtiments à la hauteur du crime qu'il venait de commettre : l'exil, rien de moins, et la mort de sa descendance !

Nour, horrifiée, la voix étranglée, balbutia :

– Mais... Mais que me contez-vous là ? Et pourquoi vous en prendre à mon enfant ? Un garçon de treize ans, un innocent...

Il la toisa et balaya l'objection d'un revers de main.

– Peu m'importait son innocence, il n'était qu'un pion sur l'échiquier de mon destin.

Il contempla avec un visible plaisir le visage effaré de ceux qui l'entouraient et précisa :

– Je devais écarter un à un tous les prétendants au trône. En tuant Angus et en vous confortant dans votre suspicion à l'encontre du roi, je faisais d'une pierre deux coups : j'écartais le souverain en place et un héritier royal.

– J'ignore quel but odieux vous poursuiviez... commença la reine.

– Vraiment ? s'emporta Tomer. Apprenez que votre couronne me revient ! Vous ne vous êtes jamais intéressée à moi, sinon vous auriez compris que je suis le fils de Brédune, ce mage qui s'apprêtait à s'emparer du pouvoir lorsque votre père le fit emprisonner, privant à jamais ma famille de l'exercice de la magie et de l'accès au trône.

Il fixa la souveraine et éclata d'un rire teinté de folie.

– Laissez-moi vous exposer la totalité de mon plan. Une fois Mara disparue, j'aurais fait en sorte que vous succombiez à mon charme et que vous m'épousiez. J'aurais alors abrégé votre vie et, faute d'héritier naturel, j'aurais pris la place qui me revient de droit. La vôtre !

La reine ferma un instant les paupières avant de les rouvrir et de prononcer sa sentence :

– Vous avez tué mon enfant et détruit ma famille, votre châtiment sera pire que la mort !

Elle leva haut la tête et cracha une flamme si puissante qu'elle manqua de peu les quelques nuages qui flottaient au-dessus du parc.

Un petit tas de cendres

Les gardes conduisirent Tomer dans l'unique cellule des sous-sols qui avait échappé aux inondations. Ils l'enchaînèrent au fond de ce cachot peuplé de rats, un véritable enfer entre les murs duquel il demeurerait à jamais.

La jeune dragonne échangea un long regard avec ses parents. Son père, enfin délivré de tout soupçon, se tenait droit. Malgré sa fatigue, pour la première fois depuis des années il arborait un visage serein. Quant à sa mère, elle souriait, le cœur empli de joie. Sa fille avait fait preuve d'un incroyable courage, elle leur avait sauvé la vie et, grâce à elle, ils vivraient en paix désormais.

Après cette longue étreinte, Mara rejoignit Jéhan, dont le regard était rivé au petit tas noir surmonté de plumes qui reposait sur la pelouse.

– Ma nièce ? appela doucement la reine.

La jeune dragonne s'arracha à sa contemplation et leva la tête.

– Oui ?

– Ton corbeau t'a appris à cracher le feu, n'est-ce pas ?

– Non, hélas. Il m'en a simplement exposé les rudiments, cet après-midi, murmura Mara.

Les coins du museau de la souveraine se relevèrent, comme si elle souriait, et elle ajouta :

– Je crois qu'il y a une chose, en particulier, qu'il ne t'a pas enseignée. Inspire et expulse l'air de tes poumons. Ensuite, appuie sur tes côtes les plus basses avec tes pattes, cela t'aidera, et tousse en direction de ces cendres.

Face au regard stupéfait de sa nièce, elle insista :

– Fais ce que je te dis, tu vas comprendre !

Mara s'exécuta et, à sa grande surprise, une flamme jaillit de sa gueule et éparpilla les cendres dans l'herbe.

– Tu craches le feu bien mieux que moi, désormais ! la complimenta Jéhan.

Elle allait lui répondre quand, près d'eux, une voix s'exclama :

– Ce n'est pas trop tôt, mon amie ! Je commençais à trouver le temps long !

Kraeû ! Il était là, en pleine forme, le cou tendu vers elle. Le garçon éclata d'un rire ravi et Mara, éperdue, tendit la patte vers lui. L'oiseau vint s'y percher sans attendre.

– Non seulement je suis doué de parole, mais je peux renaître de mes cendres, tel le phénix ! C'est une qualité nécessaire, crois-moi, lorsqu'on a la chance de fréquenter des dragonnes royales !

Les larmes aux yeux, Mara effleura son plumage du bout du museau, tendrement, et le corbeau déclara :

– Tu n'imagines pas à quel point je suis fier de toi !

Puis il quitta son perchoir et se posa sur l'épaule de Jéhan.

– Quant à toi, quels que soient tes talents de jongleur, sache qu'ils n'égaleront jamais ton dévouement et ta bravoure !

Un cadeau

Dès le lever du soleil, la reine et sa famille retrouvée, accompagnées de Jéhan et de Kraeû, rentrèrent au palais. Ils s'installèrent dans une vaste salle à manger où leur fut servi un copieux repas. Lorsqu'ils eurent fini de se restaurer, la souveraine s'adressa humblement aux siens :

– J'ignore si le reste de ma vie suffira à obtenir votre pardon. Sachez cependant que, du fond du cœur, je vous prie de m'excuser pour les souffrances que je vous ai imposées durant de si longues années.

Tous acquiescèrent.

Nour tendit ensuite la main vers Mara.

– Il y a quatorze ans, ton père, dans de tragiques circonstances, m'abandonnait sa couronne. Aujourd'hui, c'est à mon tour de t'offrir le trône. Tu as fait preuve de grandes qualités et tu seras une souveraine d'exception. Rassure-toi, Brunoît et moi, ainsi que Kraeû, serons là pour te conseiller. Angus…

Elle s'interrompit, baissa la tête, puis la releva avec un pâle sourire :

– Angus serait fier de t'avoir pour cousine.

Mara lut l'approbation sur le visage de ses parents et, terriblement émue, se leva.

– Ma tante, je tâcherai de me montrer à la hauteur du rôle que vous me confiez.

Elle se tourna vers Jéhan et ajouta, la voix tremblante :

– Sans ton aide, j'aurais perdu la vie, et mes parents aussi. Je souhaite par-dessus tout que tu restes près de moi, au palais, où tu pourras assister maître Rolland dans l'organisation de nos festivités.

Le garçon, cramoisi, acquiesça avant de s'incliner :

– J'accepte volontiers, Votre Majesté.

Son visage et son ton si sérieux provoquèrent chez la jeune fille un fou rire qu'elle ne put réprimer, bientôt rejointe par tous les convives.

Peu après, alors qu'ils quittaient la pièce pour prendre du repos, le garçon se faufila aux côtés de Mara et chuchota à son oreille :

– J'ai un cadeau pour toi.

Elle écarquilla les yeux et il sortit de la poche de son pantalon une paire de gants grisâtres et chiffonnés, les gants oubliés sur les décombres fumants de Castelbrune.

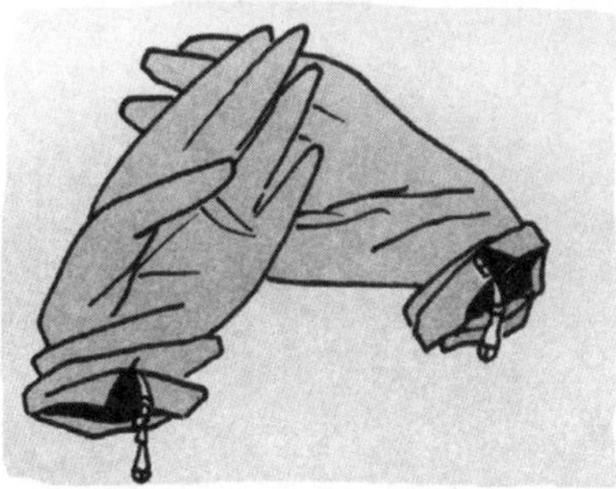

Il les lui tendit en balbutiant :

– Sans eux, nous… nous ne nous serions pas rencontrés.

Ils échangèrent un regard où se lisait la promesse d'un avenir joyeux et elle murmura :

– Je les garderai aussi longtemps que tu seras près de moi. À jamais, j'espère.

Elle enfila les gants et glissa sa main dans celle du garçon.

Une dragonne dans la nuit

En quelques jours à peine, chacun trouva sa place au sein du vaste palais.

Kraeû, quant à lui, élut domicile dans le parc, parmi ses congénères, au cœur des branches accueillantes d'un marronnier. Il profitait pleinement de sa nouvelle vie, à un détail près cependant : ses vols avec Mara lui manquaient cruellement. La jeune fille était si occupée et semblait si heureuse qu'il n'osait plus, passé minuit, toquer du bout du bec à sa fenêtre…

Un matin, tandis qu'il grappillait au sol de menues brindilles pour consolider son nid, il eut le grand plaisir de la voir s'avancer à sa rencontre.

– Je te trouve enfin ! s'exclama-t-elle. Je t'ai cherché partout et je t'ai attendu en vain sur mon balcon, où te cachais-tu ?

Il secoua vivement la tête.

– Je ne me cachais pas, Mara, mais ton emploi du temps est chargé, je ne voulais pas te déranger.

Elle fit un pas de plus et s'agenouilla devant lui.

– Je t'avoue que je reprendrais avec plaisir nos sorties nocturnes. Pourquoi pas dès ce soir ? proposa-t-elle.

Kraeû croassa avec enthousiasme et la jeune fille ajouta :

– Si cela ne te dérange pas, j'inviterai Jéhan à se joindre à nous.

– Bien volontiers, accepta l'oiseau. Ce garçon est d'une compagnie agréable, n'est-ce pas ?

Rougissante, Mara acquiesça sans un mot, le visage éclairé d'un large sourire.

Le soir venu, alors que sonnaient les douze coups de minuit, deux silhouettes s'avancèrent d'un même pas vers le cercle de pierres.

Une fois la métamorphose accomplie, la dragonne et son passager gagnèrent le ciel, suivis par Kraeû.

Mara vola tout d'abord en silence, ses ailes gracieuses battant l'air avec force, puis elle inclina son long cou vers le garçon. Ils entamèrent une discussion ponctuée de rires et, dans la tiédeur de la nuit d'été, Jéhan posa tendrement sa joue sur la peau sombre et écailleuse de son amie.

Attendri, le corbeau les contempla longuement puis, d'un coup de bec habile, il happa avec délicatesse un frelon qui passait là. Pas question de l'avaler, il l'offrirait tout à l'heure à cette jolie corneille qui nichait dans le même arbre que lui et dont il brûlait de faire la connaissance…

TABLE DES MATIÈRES

La piste lumineuse 13
Au cœur de la forêt obscure 18
Métamorphose 22
Héritage 25
À armes égales 28
Deux gants en lin 35
Prouesses nocturnes 39
Des flammes dans la nuit 42
Deux gants sur les éboulis 47
Un jongleur sur la route 50
Révélations 53
Des glands et une idée 58
Le souffle de l'aventure 61
Une voix cristalline 65
Turbulences 69
Aux portes du palais 74
Le plus doué des jongleurs alentour 77
Un numéro périlleux 82

Doutes 85
Le banquet 89
Un cracheur de feu 93
Beignets et pain perdu 97
Deux espions 101
Décision royale 105
Pris au piège 111
Prisonniers 115
Une bague et du poison 119
Minuit 125
Le feu des dragonnes 128
Une information importante 131
Un homme en fuite 136
Des aveux 139
Un petit tas de cendres 143
Un cadeau 147
Une dragonne dans la nuit 151

L'AUTEUR

Agnès Laroche est née en 1965 à Paris, elle vit aujourd'hui à Angoulême.
Son principal trait de caractère : la distraction, son mari et ses trois enfants peuvent hélas en témoigner chaque jour ! Même quand elle est là, elle est ailleurs. Un ailleurs où fourmillent les rêves et les idées grâce auxquels elle invente des histoires pour les enfants, les adolescents ou leurs parents. Elle est l'auteur de nombreuses fictions diffusées à la radio, de romans pour la jeunesse et de récits publiés en presse enfantine.
Son plus grand plaisir : faire en sorte que ses livres soient autant de petites maisons dans lesquelles les lecteurs se sentent chez eux, de la première à la dernière page.
Retrouvez-la sur : http://agneslaroche.blogspot.com/

L'ILLUSTRATEUR

Vincent Wagner est né en 1971 à Strasbourg. De son enfance il a gardé le goût des belles histoires, celles que lui racontait sa maman, celles qu'il se racontait et dessinait avec son frère pour s'amuser, celles que sa sœur imaginait en marionnettes.

Curieux, il parcourt l'Europe, le Sahara et l'Afrique noire, y fait des rencontres qui vont déterminer tout son travail. Aujourd'hui, devenu illustrateur sous la houlette de Claude Lapointe, il a posé son sac à dos. Marié, papa de deux garçons, il dessine et écrit, pour les petits ou pour les grands, des albums, des romans, des B.D., et crée des spectacles de marionnettes.

DU MÊME AUTEUR, DANS LA MÊME COLLECTION

La drôle de vie d'Archie

Archie mène une drôle de vie depuis que ses parents sont séparés. Mais lui et son copain Pierre-Louis ont un super plan pour éviter les soucis !

Scoops au lycée

Toujours à l'affût, l'intrépide Pomme réussit à intégrer le journal de son lycée en tant que reporter débutante. Elle hérite d'une rubrique modeste mais, à force de ténacité, sa première enquête se révèle être un scoop !

DU MÊME AUTEUR, DANS LA COLLECTION HEURE NOIRE

Le fantôme de Sarah Fisher

Sarah se réveille… fantôme et veut découvrir pourquoi elle est morte. Convaincue d'avoir été assassinée, elle hante l'orphelinat où elle a vécu afin d'identifier son agresseur.

Murder party

Pour faire de sa fête d'anniversaire un jour inoubliable, Max a organisé une murder party géante dans la forêt. Mais bientôt le jeu dérape et vire au drame…

Retrouvez la collection
Rageot Romans
sur le site www.rageot.fr

Achevé d'imprimer en France en août 2011
sur les presses de l'imprimerie Hérissey
Dépôt légal : septembre 2011
N° d'édition : 5433 - 01
N° d'impression : 117053